TOTEM

DANIEL WOODRELL est né en 1953 dans le Missouri. Il abandonne ses études pour s'engager dans les Marines. Revenu à la vie civile, il parcourt l'Amérique en stop et exerce plusieurs petits métiers. Il commence par écrire des nouvelles, puis se lance dans le roman policier. Inventeur du terme *Country noir*, Daniel Woodrell dépeint un milieu rural violent et angoissant. Sa critique morale intransigeante le place dans la lignée de Raymond Chandler, Jim Thompson ou Horace McCoy. Trois de ses romans, *Chevauchée avec le diable*, *Winter's Bone* et *La Fille aux cheveux rouge tomate* ont été adaptés au cinéma. Il a reçu le prix du PEN Club américain en 1999 pour *La Fille aux cheveux rouge tomate*.

SOUS LA LUMIÈRE CRUELLE

Daniel Woodrell est absolument brillant – un Elmore Leonard du bayou, imprégné de la riche langue de la Louisiane.

James Ellroy

Daniel Woodrell est le moins connu des auteurs majeurs de notre pays d'aujourd'hui.

Dennis Lehane

Ce qu'on dit sur Cormac McCarthy, c'est deux fois plus vrai, voire plus, pour Woodrell.

New York Magazine

Un Shakespeare de la cambrousse.

Los Angeles Times

Ce roman parfaitement rythmé pulse de vitalité… Un roman parfait.

San Francisco Examiner

Un roman noir de premier choix.

Kirkus

Aussi torride que le bayou où ça se passe.

The Washington Post Book World

DU MÊME AUTEUR, CHEZ LE MÊME ÉDITEUR

Winter's bone, totem n°275

Daniel Woodrell

SOUS LA LUMIÈRE CRUELLE

Roman

Traduit de l'américain
par Frank Reichert

TOTEM

TOTEM n°308

Titre original : UNDER THE BRIGHT LIGHTS

Original publishers : Mulholland Books, Little, Brown and Company
Première édition française : Édition Payot & Rivages, 1991

ISBN 978-2-404-08002-4
ISSN 2105-4681

Illustration de couverture © Sam Ward
Conception graphique de la couverture : Valérie Renaud

À Katie pour toutes les raisons possibles

Il peut arriver que l'on mijote une tactique de combat ou une tactique de survie, et qu'au moment de passer à l'action, les choses ne se déroulant pas forcément comme prévu, on se retrouve à la merci de ses seuls réflexes, autrement dit de l'entraînement suivi. Si vous avez mégoté sur l'effort dans les petits matins blêmes, c'est sous la cruelle lumière des projecteurs que ça vous retombera dessus.

JOE FRAZIER

PRÉFACE

Le régionalisme est essentiel au roman policier.

Le choix de l'époque et du lieu, la création d'un arrière-plan précis (topographie et conditions sociales) définissent les personnages que vous y jetez et dont vous observez attentivement le comportement.

Elmore Leonard a choisi Detroit et Miami ; George V. Higgins, Boston. Des villes très différentes. Mais si vous tracez les lignes qui unissent les deux hommes, vous verrez que la voix de Leonard est un écho de celle d'Higgins. Deux *voix* fortes, mais semblables.

Et maintenant, parlons de Daniel Woodrell.

Sa voix est unique.

Bayous, Cajuns, Louisiane, ordures blanches, flics, gangsters, bas-quartiers : voilà pour l'époque, le lieu, les conditions sociales. Et voici des gens qui aiment se mettre à nu, se moquer, raconter des craques et écraser leurs interlocuteurs en renchérissant sur les mots. C'est par leur langage, qui n'appartient qu'à eux, qu'ils se révèlent.

L'excellent premier roman de Daniel Woodrell, *Sous la lumière cruelle,* est un miracle de rythme et d'équilibre. Équilibre entre les horribles destins de foutus "losers" (mais qui *savent "parler")* et la bonne petite ville de Saint-Bruno, entre un flic de Louisiane appelé René Shade et ses collègues (qui, eux aussi, *savent "parler").* Équilibre entre tout cela et une violence qui éclate *à la fois* de façon terrifiante et irrésistiblement drôle. Woodrell connaît bien ses personnages. Il les aime, et accorde sa compassion aux plus pervers d'entre eux sans jamais tomber dans la sensiblerie. Équilibre encore plus périlleux : la virtuosité de Woodrell à trouver l'étincelle humaine, l'écho du rire des clowns à l'intérieur de personnages monstrueux.

Cette introduction en revient finalement, et toujours, au langage. Woodrell en a le don, sincère et profond. *Sous la lumière cruelle* marque des débuts brillants. J'envie les lecteurs français qui vont en découvrir les mots, le "*parler*".

James Ellroy*

* Traduit par F. Guérif.

I

Jewel Cobb était depuis longtemps un tueur de légende dans ses rêveries nocturnes, et il était à présent venu dans la grande ville pour prouver que cette version bien réveillée de lui-même était tout aussi habile et implacable. Assis sur le canapé vert défoncé, il grattait une guitare avec une morne incompétence tout en tapant des pieds en rythme.

Pas facile de jouer de la musique dans cette pièce, songeait-il. Il y avait bien un toit, mais il fuyait et de grandes taches de rouille s'étalaient dans tous les coins de l'appartement. Une sédimentation quasi centenaire de papiers peints boursouflés de cloques couvrait les murs. Le tuyau du poêle s'enfonçait en zigzag par une fissure du plafond, qu'un paumé industrieux avait tenté de rafistoler avec un patchwork de canettes de bière aplaties et clouées sur les crevasses. C'était le genre d'endroit où un homme plein d'argent n'accepterait jamais d'entrer, où un homme avec peu d'argent ne s'attarderait pas, mais où un homme sans argent devait se sentir chez lui. Pour un temps.

— Suze, appela Jewel. Apporte-moi une tasse de café, tu veux bien ?

— Quoi ? hurla Suze. Je t'entends pas, j'suis aux chiottes.

Au bout de quelques autres accords discordants, Jewel renonça à extirper la moindre mélodie de sa guitare et la repoussa sous le canapé. Il portait une chemise rouge, un pantalon noir brillant, et des bottes de cow-boy pointues. Son biceps gauche, dénudé, arborait le tatouage d'une croix étoilée ; le dessin était flou et l'encre avait bavé sur sa peau pâle, comme ceux réalisés en prison. Ses cheveux longs, blonds et gras étaient peignés en arrière, sculptés dans un style qui avait dû être à la mode à peu près à l'époque de sa naissance. Jewel avait cependant idéalisé cette image de lui-même au cours de ses divagations nocturnes, et cette coiffure régressive en était le symbole.

Il appela encore Suze :

— Eh ben, sors des chiottes ! Et apporte-moi une tasse de café, t'entends ?

— Une tasse ?

— Ouais ! Une tasse, bon sang.

Peut-être qu'il aurait mieux fait de la laisser chez elle, pensa-t-il. La laisser esquiver les giclures de graillon au Pork Tender Stand jusqu'à la fin de ses jours. Faire le bonheur des éleveurs de cochons dans les drive-in le samedi soir, et se demander comment elle avait pu laisser filer Jewel Cobb. Ç'aurait pas été plus mal. Il la baladait à travers le monde, l'amenait à Saint-Bruno, une ville où tout peut arriver, mais était-elle seulement reconnaissante ?

Pas le moins du monde. Elle aimait mieux passer son temps à repeindre chacun de ses ongles de pied d'une couleur différente ou à compter les pigeons sous le pont, plutôt que d'apprendre à lui préparer un repas convenable. Des tas de femmes savaient des choses qu'elle ignorait, et il pourrait très bien finir par en avoir plus qu'assez de sa fainéantise, ramasser son bâton de pèlerin et partir effeuiller la marguerite ailleurs.

Ah, mais il ne pouvait pas la quitter maintenant. Il était venu à Saint-Bruno pour changer de vie, pour plonger les doigts dans le miel de la grande ville, et si le cousin Duncan ne l'avait pas baratiné, il goûterait ce soir aux premières douceurs de ce que pourrait être cette nouvelle vie.

Jewel se leva et alla jeter un coup d'œil par la fenêtre sur Voltaire Street, une rue d'ateliers de réparation, de boutiques de vêtements en soldes, avec une salle de billard appelée Chalk & Stroke*, un bureau de prêteur sur gages et deux salons de coiffure qui promettaient des coupes estivales et des permanentes en béton.

— Je l'ai laissé refroidir pour toi, Jewel.

La voix de Suze précéda son pas traînant et relâché, publicité de son mécontentement à devoir se plier aux efforts du quotidien. Ce corps est destiné à des choses plus raffinées, semblait-elle mimer, et de sacrées choses pouvaient arriver avec un corps comme ça. Elle était encore en proie à l'acné, dont des traces de maquillage rose marquaient les assauts les plus récents. Ses cheveux noirs retombaient en cascade sur ses épaules, et les mèches les plus longues venaient flirter avec la bordure du profond décolleté de sa robe d'été voyante à fleurs.

* En anglais, le terme *chalk* désigne la craie bleue qu'on met sur le bout de la queue de billard pour renforcer l'adhérence, et le terme *stroke* désigne le mouvement effectué avec la queue. (Toutes les notes sont du traducteur.)

Elle posa la tasse sur le bras du canapé :

— La plupart l'aiment chaud. T'as dû te mordre un nerf de la bouche un jour de cuite, ou un truc comme ça. T'es comme monté à l'envers.

— J'aime le boire, chérie, pas le siroter. Pas le laper comme si j'avais les dents branlantes et pas intérêt à trop m'éloigner de mon rocking-chair.

— Y en a qui mettent des glaçons dedans. Comme dans un Coca.

— Sans rire, fit Jewel. J'crois bien en avoir entendu parler. Ça devait être dans l'émission de Walter Cronkite.

Les épaules de Suze s'affaissèrent au-dessous de leur ligne habituelle.

— Tu devrais pas te payer ma tête, dit-elle. Tout l'monde se paie ma tête.

— Hmm, grogna Jewel, levant sa tasse de café et la vidant d'un seul long trait.

C'est alors qu'il se souvint de Duncan.

— T'as l'heure ? demanda-t-il.

Suze lui sourit d'un air narquois, les mains sur les hanches, posant comme une coquette de bal de campagne :

— T'aurais pas la forme plutôt, mon gars ?

— C'te question ! dit Jewel en souriant. (Il tapota ses cheveux.) Tout le monde connaît la réponse. Mais là peut-être bien que j'ai pas le temps.

— Il est presque huit heures et quart.

Jewel jeta un coup d'œil dans la rue, dont les immeubles arrêtaient ce qui restait de soleil, ajoutant au décor une touche lugubre supplémentaire.

— Faut pas tarder, dit-il en se dirigeant vers la penderie qui tapissait le mur opposé.

Il ouvrit le tiroir du haut et en sortit un couteau à lame courte d'apparence malfaisante avec un manche à rayures, qu'il enfonça avec l'étui dans la poche arrière de son pantalon.

— Tu sais sur quelle affaire je suis ?

— Ça a à voir avec Duncan, c'est ça ?

— Eh ben, t'as pas à être au courant. Oublie. C'est pas quelque chose que t'es censée savoir.

Il se mit à farfouiller dans les quelques torchons du tiroir et en retira une serviette rouge roulée en boule. Dépliée, la serviette révéla un Beretta de calibre 32 qu'il glissa dans sa ceinture. Il sortit les pans de sa chemise et les laissa pendre.

— Oh, mince, dit Suze. Ça va encore être *ce* genre d'affaire.

Jewel haussa les épaules, puis se dirigea vers la porte.

— C'est encore *ce* genre de vie qu'on a, chérie.

Jewel devait attendre Duncan au coin de Napoléon et de Voltaire, aussi entra-t-il au Chalk & Stroke pour s'acheter deux sachets de chips et un pack de six grandes canettes de bière. À choisir, il préférait manger des chips qu'un steak, et comme il avait rarement le choix, il vivait presque uniquement de chips.

Il s'installa dans une cabine téléphonique et ouvrit une bière avant de se mettre à grignoter. La rue s'était réveillée et elle fourmillait de gens se dirigeant vers des bars ou titubant jusqu'à chez eux, tous soucieux d'éviter les jeunes types qui arpentaient le trottoir d'un air désœuvré, torse nu sous leurs blousons satinés, attendant que quelque chose de drôle se produise qui leur permette de ricaner bruyamment, ou quelque chose de cruel qu'ils puissent écraser avec plus de cruauté encore. Et si l'ennui ne cédait finalement la place qu'à plus d'ennui, alors ils s'arrangeraient pour emprunter un objet suffisamment chromé et capitonné dans lequel s'échapper loin de cet état chronique.

Personne n'accordait la moindre attention à Jewel Cobb.

Duncan arriva à l'heure pile. Il apparut au volant d'une longue Mercury bleue ayant passé sa prime jeunesse, mais encore bien assez voyante pour qu'un petit gars de Willow Creek se pavane à son volant en klaxonnant.

Jewel se glissa côté passager.

— Salut, cousin Dunc, dit-il avec un hochement de tête. Belle caisse.

Duncan considéra son jeune cousin d'un air légèrement dédaigneux. Le môme affichait une rudesse et une vulgarité de bouseux. Cette chemise était un véritable appel du pied aux flics et aux citoyens – Faites gaffe, je n'amène rien de bon.

— Tu t'es installé en plein dedans, constata Duncan en s'insérant dans la circulation pour foncer plein nord sur la rue pavée. En plein Frogtown.

— Le prix est correct.

Duncan allait sur sa trentaine, et il arborait déjà une bedaine marquée et des bras épais et puissants. Il y avait dans ses traits mous et pâles une espèce de placidité à laquelle faisait contrepoint la lueur avide de ses yeux verts. Il était habillé simplement : une chemise bleue en tricot à col ouvert, une veste de sport couleur crème et un pantalon gris. Ses cheveux paille étaient coupés court, mais sans ostentation. Il prenait soin que rien ou presque dans sa personne ne permette de le remarquer au milieu d'un groupe de trois individus ou plus.

— On appelle ça Frogtown parce que c'est des Français qui l'ont fondée, dit Duncan. On tombe sur des tas de Froggies, dans le coin.

Jewel avait ingurgité ses chips et presque toute sa bière. Il la termina, fourra la canette vide sous son siège, et en ouvrit une autre.

— Des grenouilles, hein ? Pourquoi qu'on les appelle des grenouilles ?

— J'pourrais pas dire. Ils ont l'air d'aimer l'eau, les marais, ce genre de choses. Je sais pas. C'est juste un truc qu'on dit, comme Négro, tu vois ? Ou comme péquenaud, quoi. (Il fixa Jewel dans les yeux.) Mais va pas les traiter de Froggies en face. Surtout si t'en es pas un. C'est pas aussi grave que Négro mais c'est pas bien non plus.

— Ouais, dit Jewel. On en apprend tous les jours.

À mesure qu'ils avançaient, ils s'éloignaient peu à peu de la zone où les immeubles s'entassaient, jetés pêle-mêle les uns contre les autres, pour pénétrer dans un quartier plus aéré, moins sévère. On distinguait le fleuve, une écrasante présence à l'est, et les mobile homes et les maisons sur pilotis qui se vautraient sur ses rives, aussi près de l'eau que ça paraissait possible. Ils n'avaient pas parcouru plus de quatre pâtés de maisons, et pourtant on aurait dit qu'ils avaient roulé des kilomètres.

— Ça ressemble à Willow Creek, sauf qu'il y a de l'eau au lieu des rochers, dit Jewel.

— Et sauf que c'est pas Willow Creek. Et que les gens qu'habitent là-dedans, c'est pas le genre de Willow Creek.

Ils passèrent sous un pont de chemin de fer, et le jour diminua, cédant la place à l'obscurité. Une fois le pont passé, Duncan se mit à compter les chemins de terre bourbeux. Au troisième, il prit la direction de l'eau. De chaque côté du chemin, puant, éructant, infranchissable, le marais s'étendait. Très vite, ils virent une lumière jaune, puis une autre lumière qui dansait au-dessus de l'eau sur un ponton.

— C'est là, dit Duncan.

Il arrêta la voiture et éteignit les phares, puis il se tourna vers Jewel :

— Laisse ta bière ici. Pete Ledoux, c'est du sérieux, et ton style de voleur de voiture, il va pas apprécier. J'en mettrais ma main à couper, en tout cas.

— Qu'il aille se faire foutre, alors.

— Je préférerais passer la nuit dans une fosse à purin que d'envoyer Pete Ledoux se faire foutre. Continue comme ça, Jewel. Vas-y. Continue. (Duncan émit le soupir d'un homme en difficulté.) Si t'étais pas d'la famille, je m'occuperais de ton cas pas plus tard que tout de suite.

— J'ai besoin de ce fric, c'est tout.

— Alors, essaye de le mériter. C'est la chance qu'est en train de cogner à la porte de ton crâne épais, mon gars. Il s'agit pas de la peignée annuelle entre Willow Creek et Moutain Grove. On va traquer un mec et clouer sa peau à la porte de la grange. Y a des gens à qui ça risque de pas plaire, tu sais ça ? Faudrait pas que tu fasses tout foirer.

— Ouais, fit Jewel. (Il avança sa mâchoire avec défi, comme si ce genre d'entreprise était pour lui quotidienne.)

Essaye pas de m'expliquer ce qui cloche chez moi, Dunc. Tu sais, et je sais pourquoi j'suis dans le coup.

— Redis-moi ça un peu ?

— Parce que je tire pour faire mal, et que je suis là pour tirer, voilà pourquoi.

Duncan fixa Jewel, puis sourit fièrement :

— T'es pas malin, Jewel, mais t'es pas complètement con non plus. (Il ouvrit la portière de la voiture.) On y va.

La maison de Ledoux, jadis une cabane pour le week-end, était une construction trapue entourée d'une véranda et aménagée pour supporter l'hiver. Depuis la porte de derrière, une passerelle basse sinuait discrètement jusqu'au ponton, à une quinzaine de mètres.

Duncan frappa à la porte.

Une femme au joli visage déjà un peu empâté et aux cheveux blonds ébouriffés ouvrit la porte à la volée, révélant l'intérieur de la véranda encombré de cannes à pêche, de cartons de lait et de revues de sport. Une canette de bière à la main, elle arborait l'expression de quelqu'un qui s'attend à être toujours déçue. Elle regarda d'abord Duncan, puis Jewel.

— Ma parole, fit-elle, c'est pas souvent qu'on cherche à nous fourguer des encyclopédies, dans le coin.

— J'imagine bien, dit Duncan. Je voudrais voir Pete.

— J'en aurais pas acheté, de toute manière, juste découpé une ou deux images dedans.

La femme leur indiqua d'un geste sec la lumière qui brillait au-dessus de l'eau :

— Saint-François-du-Marais-du-Croche est là-dehors, à tailler le bout de gras avec la poiscaille.

Duncan lui sourit. C'était une buveuse avec de beaux restes sur le point de dégringoler : son terrain de chasse habituel. Mais c'était aussi la femme de Pete.

— Merci.

— Vous voulez une bière, les gars ?

— Non, merci.

— Tant mieux, parce qu'on n'en a pas assez pour partager, de toute façon, fit-elle en refermant la porte.

La passerelle vacilla sous leurs pieds quand ils l'empruntèrent en direction du quai. Un trait de lumière jouait sur l'eau, illuminant un grand marécage trouble et saumâtre.

— Hé, Pete, cria Duncan. Je t'ai amené mon cousin Jewel.

— Salut, dit Pete en collant le rayon de sa lampe droit dans les yeux de Jewel.

Celui-ci tenta de se protéger les yeux, puis détourna la tête.

— Hé, mec ! T'as appris à faire ça chez les flics, ou quoi ?

Pete orienta le rayon entre Duncan et lui.

— Un vilain p'tit chiot, hein ? fit Pete.

Ces types se foutent de ma gueule, se dit Jewel. Un jour il avait battu à plate couture en même temps deux mecs plus costauds que ceux-là. Et l'autre fois, à Memphis, il s'en était pas trop mal tiré non plus avec les trois mariniers à la file, une fois sa langue recousue.

— J'ai rien d'un chiot, dit Jewel. (Il leva les pans de sa chemise et révéla la crosse de son pistolet.) Vous voyez ça, là ? C'est lui qui le dit. Et il peut même le dire six fois de suite.

Ledoux et Duncan échangèrent un regard maussade. Le premier se dirigea ensuite vers un des pontons du quai et appuya sur un interrupteur caché. Des lumières s'allumèrent, éclairant et le ponton et les hommes. Ledoux fit signe aux autres de le suivre tandis qu'il s'approchait du bord du ponton.

— Je dois m'occuper des poissons-chats, fit-il.

C'était un petit homme d'âge déjà mûr, mais encore svelte et vif. Sa peau était tannée, comme assortie à la fange, et des mèches grises striaient ses cheveux bruns. Il se baissa sur un genou et se pencha vers l'eau. En se redressant, il remonta un filet plein de poissons-chats et de barbottes. Les poissons atterrirent avec un épais bruit mouillé quand il les balança sur un banc de bois sous la lumière la plus vive.

Sans quitter des yeux les poissons, il demanda à Jewel :

— Tu sais ce que t'as à faire ?

— Plus ou moins. Je dois refroidir une espèce de roi du porno.

Ledoux pivota lentement pour faire face à Duncan. Lorsque leurs yeux se croisèrent, il opina une fois, puis fit une grimace narquoise, comme si une de ses prédictions hasardeuses venait de se vérifier.

Duncan baissa les yeux, inspectant le bout de ses chaussures.

— Il est même pas le roi de sa propre bite, Jewel. Tout ce qu'il possède, c'est un cinéma.

Ledoux cracha sur le quai, près des pieds de Duncan :

— Ce que t'es censé faire, ce que tu sais "plus ou moins", c'est tuer un Négro et filer. "Plus ou moins" filer aurait suffi en 37, mais les Kennedy et le vieux Johnson ont chié dans le potage. C'est pour ça, *mon ami**, que "plus ou moins" n'est pas vraiment la façon dont je voyais les choses.

* Les mots en italiques suivis d'un astérisque sont en français dans le texte.

— Je lui en ai causé, fit Duncan. Il est partant. Et même plus que partant, pas vrai, Jewel ?

— J'suis un Cobb, non ? rétorqua Jewel avec un trémolo dans la voix.

Ledoux avait enlevé les poissons du filet et s'était mis à leur percer la tête, les clouant l'un après l'autre au banc de bois. Les bestioles émirent quelques grognements étranges, auxquels Ledoux semblait faire écho. Il inséra ensuite la pointe d'un couteau sous la nageoire caudale de chacun et, avec des gestes brefs et doux, les vida. Les viscères se répandirent sur le banc, glissant vers le ponton.

Ledoux leva les yeux de son travail :

— J'aime le poisson, fit-il.

Jewel opina :

— Sans blague.

Duncan lui donna un brutal coup d'épaule :

— Dis-lui plutôt c'que t'es censé faire, gars ! Tu pourras jouer les durs quand tu seras tout seul, mais pour le moment, tu me fais passer pour un con. T'entends ?

Après s'être redressé comme s'il envisageait de se révolter, Jewel se détendit légèrement. La réalité embrassait ses rêves et dans le réconfort de cette étreinte il souriait.

— Bien sûr. Le boulot, c'est le boulot. Y a que ça de vrai pour moi.

Ledoux était penché sur les poissons et ses mains farfouillaient dans les corps béants pour en arracher les organes qui pendouillaient.

— Ça, c'est causer, *mon ami**, dit-il en en balançant une pleine poignée, qui éclaboussa l'obscurité au-delà du cercle de lumière.

— Duncan m'a tout raconté. Au moins vingt-sept fois. J'ai tout compris, mec.

— C'est vraiment pas si compliqué que ça, dit Duncan. Faut viser et faire *boum*. Il a compris.

— Très rassurant, dit Ledoux. Vraiment très rassurant. Je pourrais chérir ça pendant que je purge ma peine à Jeff City. "Faut viser et faire *boum*." C'est bon à savoir, qu'on a un meurtre aussi simple que ça, parce que j'peux citer les noms de huit ou dix mecs que je connais qu'ont dû se farcir des jobs autrement plus raides. *Mon Dieu !** Si seulement ils avaient vu les choses avec la même lucidité que vous, ils seraient pas en train de repasser des caleçons pour le gouvernement.

— Merde, Pete, souffla Duncan, la voix plate. (Seules ses lèvres remuaient.) T'as pas besoin de nous pondre tout un discours. Si t'as des inquiétudes, alors parles-en.

— Merci bien, répliqua Ledoux, comme si on l'honorait d'un rare privilège. J'crois bien que j'ai une ou deux inquiétudes, Juge Cobb. (Il pointa un doigt sur Jewel.) Par exemple, est-ce qu'il connaît bien tous les détails ?

— Non, fit Jewel en se mettant en avant. Jette un œil à mes oreilles, mon pote. Trop petites pour être celles d'un chien, non ? Ça veut dire que j'peux parler en mon nom. Et, maintenant que tu le dis, y a un détail important dont on a pas encore parlé. (Il planta un doigt sur la poitrine de Ledoux.) Combien je touche, exactement ? Duncan ici présent, le cousin Duncan, il a pas été clair sur les chiffres.

— Bon, dit Ledoux. Ça commence à prendre forme. C'est ta première fois avec nous. Tu vas toucher quinze cents dollars. À peu près dix fois ce que j'ai eu quand j'ai décidé de devenir un homme. Tout passera discrètement en salaires, sur le livre de caisse de Micheaux Construction.

— Mais j'y bosserai jamais, dit Jewel. J'suis pas monté jusqu'ici en bus pour me crever sur un chantier en attendant mon salaire.

— Ce *gosse* ! fit Ledoux en se tapotant la tempe de l'index. Il peut vraiment faire plus que voler des œufs aux poules ?

Duncan haussa les épaules, impassible et blasé. Ledoux se retourna vers Jewel.

— Toi. T'es un dur, hein, *mon ami** ? Je m'interroge juste sur le fossé des générations, tu vois, ce genre de truc. Et je me demandais… Qu'est-ce que t'as déjà *fait,* exactement ?

— Rien qui soit pas strictement mes oignons, voilà. Principalement.

Après avoir hoché la tête, Ledoux se remit à nettoyer ses poissons.

Duncan se rapprocha de Jewel, puis lui enfonça l'index dans les côtes. Jewel s'éloigna.

— Okay, dit Ledoux. J'ai l'instinct que ça paye pas de se chamailler. Tu nous conviens peut-être, Cobb. Tout le monde mérite qu'on lui laisse sa chance, tu sais. (Ledoux s'assit sur une partie du banc sans taches de sang.) Bon. La raison pour laquelle tu toucheras un chèque de salaire, c'est pour qu'on blouse les impôts, tu vois ? Un percepteur des impôts, c'est pire que tous les flics que t'as pu rencontrer. Pire que *six* flics. Si un jour je me fais choper, ce sera par un Boche avec sa machine à calculer, pas par un flic irlandais avec son insigne.

Jewel opina lentement. Il avait vu jouer ce coup-là à la télé. Le fisc. Capone, apparemment c'est comme ça qu'il était tombé. Et presque tous les autres caïds s'étaient fait prendre dès qu'ils étaient devenus mathématiquement suspects.

— C'est malin, dit finalement Jewel.

La sophistication de telles transactions financières augmentait son intérêt pour ce secteur d'activité.

— J'veux d'abord te dire un truc, fit Ledoux.

Il ramassa une torche trapue et éclaira la surface de l'eau. La silhouette des arbres, les bouts de tronc d'arbres flottants, les ondulations d'écume verdâtre et les reflets d'yeux fantomatiques s'accrochaient dans le rayon.

— Ça, là, tu sais ce que c'est ?

— Je viens d'arriver en ville, dit Jewel. J'ai pas étudié tous les marigots.

— C'est un enfer de marigot, *mon ami**. C'est le Marais du Croche. Ici, ça veut dire "Marécage tortueux". Et c'est un merdier gigantesque et interminable, noir comme l'enfer. Plein de trous, de choses rampantes et de bourbiers, et tous les coins se ressemblent tellement que la plupart des gens, ils arrivent plus à se souvenir qui est quoi, ni par où on sort, ni rien du tout. Si bien qu'ils se perdent. Souvent, ils se perdent jusqu'à en crever, *mon ami**, et, au printemps, on les voit ressortir de l'eau et s'échouer sur la digue, un os derrière l'autre.

— J'ai déjà été dans les bois, avec les grands arbres et les hiboux qui hululent et tout le bordel, mec.

— Pas comme celui-là. (Ledoux fit monter et descendre le rayon de sa torche, révélant sans se presser toute l'étendue maligne d'un endroit qu'il avait malgré tout appris à aimer.) Tu sais qui peut retrouver son chemin là-dedans, Cobb ?

Jewel regarda Duncan, puis le visage buriné de Ledoux.

— *Toi*, je suppose.

— *Très bien**. (Ledoux dirigea de nouveau le rayon de la torche sur Jewel.) Moi, et deux ou trois anciens de Frogtown. C'est tout. Entre là-dedans, et personne d'autre pourra t'aider à part eux et moi. Et ils te connaissent pas.

Jewel replia ses bras sur sa poitrine puis se balança sur ses talons, plissant les yeux à la lumière.

— J'ai pas pour projet d'entrer là-dedans.

— Je sais. Et tant que tu te comportes correctement, j'aurai jamais à t'y mettre non plus. Tu comprends ce que je dis ?

Jewel hocha solennellement la tête mais ne dit pas un mot.

— Donc, tu vas refroidir ce Négro, Crane, sur la 7e devant son cinéma. Demain après-midi, c'est clair ?

— Aussi clair que la pluie et l'amour d'une mère, rétorqua Jewel.

— Ça reste notre petit secret, hein, Jewel ? dit Duncan. Ta cruche de copine est pas au courant, au moins ?

— Tu te fous de moi ? C'est pas possible, t'es en train de te foutre de moi, là.

Duncan fit un pas en avant et asséna une grande claque amicale dans le dos de Jewel.

— Ouais, ça y est, on est en affaires. Qu'est-ce que tu dirais de remonter à la voiture et de faire péter la bière que t'avais gardée pour l'occasion, cousin ? Histoire de sceller notre association ?

— C'est une putain d'idée, dit Jewel, et il reprit la passerelle en direction de la voiture.

Duncan et Ledoux le regardèrent. Lorsque le plafonnier de la Mercury s'alluma, Ledoux donna un coup de coude à Duncan.

— Qu'il soit ton cousin… ça te dérange pas ?

— Non, répliqua Duncan en secouant la tête. C'est un trou-du-cul.

Ledoux commença à empiler les poissons écorchés pour les transporter jusque chez lui.

— Merveilleux, fit-il. Faut que ça se passe bien, et je crois qu'on a trouvé le blanc-bec juste assez con pour appuyer sur la détente au moment où on voudra.

— Pour ce qui est d'être con, il est au top, dit Duncan en regardant Jewel redescendre la passerelle dans leur direction. Si on te filait le catalogue Sears des abrutis, tu pourrais pas commander mieux. Ce que je veux dire, c'est que cette petite merde, c'est vraiment ce qu'il nous faut.

2

L'INSPECTEUR René Shade, habillé en jean et T-shirt noir décontractés, était assis sur un tabouret dans un coin de la pièce et considérait les clients du Tip's Catfish Bar. Il voyait des hommes rougeauds aux indomptables cigarettes qui agitaient leurs mains dans les airs ; des hommes aux paupières plissées entassés dans des box qui tournaient la tête toutes les cinq secondes par habitude professionnelle ; des hommes aux tignasses blanches, aux poings noueux comme de vieilles souches, des hommes sages et muets, sans peur. Peu de femmes, et aucun homme délicat ne fréquentaient cet endroit.

Le frère de Shade était le propriétaire du bar, et cela aussi, il y pensait. Il avait été parfois gênant pour Shade au quartier général de devoir admettre que, oui, le Tip Shade qui tenait le Catfish Bar et accueillait des criminels, des voleurs sans envergure et leurs apprentis, était son frère aîné.

Il avait bien tenté d'expliquer que le bar constituait le cœur du quartier qui les avait vus naître, et que les habitués étaient avant tout des voisins, et ensuite seulement une menace pour la société. Que l'endroit précis où l'on pouvait, où l'on devrait, même, tracer la frontière, était plus subjectif, moins évident que ça. Ses supérieurs considéraient de telles explications suspicieusement métaphysiques. Et ça n'arrangeait pas les choses que son père, le célèbre John X. Shade, occupe une place éminente dans ce qu'il insistait pour appeler des cercles sportifs, et que d'autres nommaient avec la même insistance la fraternité du jeu.

Le bar était bâti en bois brut sur un monticule qui surplombait le fleuve. Des poutres de chêne maintenaient la toiture d'équerre au-dessus des têtes, et des filets de pêcheurs ornés de flotteurs de liège, touche décorative qui en fichait plein la vue, étaient mollement drapés entre elles. Les tables et les chaises étaient toutes en bois et grinçaient dès qu'on les utilisait. On voyait, accrochées aux murs, des affiches et des photos des champions locaux. Une immense fresque de Tip pendait derrière le bar. Il y était représenté en train de précipiter ses cent cinq kilos sur un demi-offensif aux jambes grêles, brandissant une balle interceptée dans la surface de réparation, et grondant à l'attention d'un arrière en état de choc qu'il venait de plaquer sur la ligne des un mètre. Il y avait encore une photo des Pirates de Saint-Bruno, l'équipe de base-ball locale, et une petite photo d'Eldon Berenger, lequel avait joué pendant une saison dans la Continental League. Plusieurs boxeurs étaient également représentés. Derrière un pilier massif en chêne était épinglée une petite photo de René Shade, ses mains gantées levées au-dessus de sa tête en train de fêter une victoire qui datait du début de sa carrière, du temps où celle-ci était encore devant lui. Près de l'entrée, on en distinguait une autre, plus grande, prise à peu près à la fin de la nuit où le champion poids plume Foster Broome l'avait pourchassé d'une série de directs du gauche, jusqu'à ce que sa figure explose et qu'il batte en retraite dans différentes directions pour lui échapper. Shade ne pouvait pas s'empêcher de poser le regard sur ce rappel de son passé presque glorieux, mais chaque fois qu'il le faisait, son estomac se serrait. La photo était l'une des tentatives d'humour bourru de Tip, mais celles-ci parvenaient rarement à dérider Shade.

Sous le regard de Shade, Tip versait un double bourbon et tirait une pression pour un arnaqueur efflanqué du nom de Pavelich, qui était jadis le meilleur joueur de bowling de la ville mais se contentait maintenant d'être le deuxième, pour plus d'argent. Tip lui rendit sa monnaie, puis rejoignit Shade à son extrémité du bar.

— Un autre rhum, frangin ? demanda Tip de sa voix lente mais toujours quelque peu agressive.

— Naturellement. Mets ça sur ta note.

Tip sourit et brandit une bouteille de rhum brun jamaïquain dont il versa une copieuse rasade dans le verre de Shade.

— Le rhum à l'œil est une chose, faire fuir mes clients en est une autre. Tu cherches quelqu'un, ou tu te mêles à tes pairs par solitude ?

— J'ai déjà arrêté quelqu'un, ici ?

— Non, heureusement. Sinon, c'est moi qui devrais t'arrêter.

Shade se dit qu'il y avait dans ce commentaire plus qu'une simple rivalité fraternelle. Tip s'était toujours comporté comme s'il pouvait malmener Shade dès qu'il en avait envie. Shade devait admettre qu'il en était capable. Avec ses soixante-dix-sept kilos, il en rendait au moins vingt-cinq à Tip, et bien qu'il ait l'avantage de la rapidité, s'agissant de combat "non arbitré", il ne pouvait compter sur le moindre avantage technique. Et il savait que leur ardeur respective au combat était sensiblement équivalente.

Shade sourit et opina :

— Je n'ai jamais arrêté personne ici, mais ça me serait pas difficile. (Il pivota sur sa chaise pour mieux jauger la salle du regard.) Je pourrais en arrêter une demi-douzaine rien qu'entre ici et les chiottes.

— Et perdre ainsi l'amitié de tes voisins et de tes camarades d'école, frangin.

— Je pourrais probablement t'avoir, Tip, si je me concentrais pendant dix-douze minutes.

Tip fut sur le point d'opiner, puis secoua la tête :

— J'suis peut-être pourri jusqu'à la moelle, mon petit poulet, mais je suis loin d'être con.

Shade se demanda, peut-être pour la millième fois, ce que son frère aîné serait devenu si ses genoux avaient tenu plus de deux saisons mémorables de football universitaire.

— Les gènes parleront, fit-il.

— Ça veut dire quoi ?

— Oh, j'suis pas bien sûr, mais je serais plus confiant si je l'étais.

Tip redescendit à l'autre bout du bar servir un groupe d'hommes qui agitaient leurs chopes vides dans sa direction.

Shade retourna à sa contemplation de la clientèle. Il avait connu nombre d'entre eux dans son enfance, ils avaient fait équipe dans tout un tas de jeux au bac à sable, ils s'étaient bagarrés sous les ormes de Frechette Park par de frais matins d'été et s'étaient rassemblés dans la salle de bal de l'église catholique au cours de soirées dansantes où ils partageaient un bourbon habilement planqué dans leurs bouteilles de Coca. Ils s'étaient battus lors de mémorables bagarres de rue de jeunesse qui paraissaient plus importantes que celles de l'âge adulte ; il avait rendu service à des hommes plus âgés que lui, il avait vu leurs filles se marier avec bonheur à des gars de l'extérieur et ne revenir à Frogtown que pour de brèves vacances ou des obsèques.

Une main épaisse lui pressa l'épaule, le tirant d'une nostalgie à laquelle il n'était pas sûr de croire.

— René. On t'a pas beaucoup vu, ces temps-ci. Qu'est-ce que tu fabriques, ce soir ?

C'était Wendell Piroque, un chauffeur de poids lourds taillé comme une barrique et qui avait probablement manié plus de matraques que de volants. Shade et lui se connaissaient depuis le primaire, quand Piroque traînait dans la salle de billard de sa mère.

— Je bois juste un coup sur le compte de Tip.

— T'en as de la chance, dit Piroque en prenant place sur le tabouret d'à côté. C'est un bon plan d'avoir un frère barman.

Piroque avait un visage rond et doux aux traits sombres, et son sourire respirait l'innocence :

— Et ta mère tient une salle de billard. C'est sûrement ton côté irlandais qui te porte chance.

— Sûrement. Y a pas de proverbe connu qui en dise autant pour les Froggies.

— Pas dans cette ville, en tout cas, dit Piroque en tapotant du doigt la surface du bar.

Il désigna soudain l'arrière-salle et la table de billard mystérieusement bien conservée :

— T'as pas envie d'en taper une ?

— T'as pipé la table, ou quoi ?

— Je te ferais ça, moi ? fit Piroque en feignant l'horreur.

— Tu te le ferais à toi-même, si tu pouvais être deux types à la fois.

Ils traversèrent le dédale des tables, Shade en tête. Il rendit leurs signes de tête à ceux qui lui en adressaient, salua deux personnes de vive voix, et affronta un regard.

— Un *nine-ball** ? demanda Piroque, une fois qu'ils eurent atteint la table de billard.

— Si t'insistes, fit Shade. Mais autant me refiler tout de suite ton pognon.

Piroque était penché sur le tapis vert, la langue pointant à la commissure des lèvres, et il rassemblait d'un air studieux les boules dans le losange.

— C'est pas mon avis, dit-il.

— Tant mieux, dit Shade. (C'était un homme large d'épaules, au teint mat, toujours au meilleur de sa forme, encore jeune bien que nullement juvénile, et la perspective de la compétition faisait briller ses yeux bleus.) C'est la seule chose qui me retienne sur terre.

Les deux agents de police en uniforme pénétrèrent dans le Catfish quelques minutes après une heure du matin. Le plus grand des deux était un Noir qui surplombait d'une

* Le *nine-ball* est une variante du "jeu du 15" mais avec seulement neuf billes de couleur.

tête son partenaire trapu. À leur approche, les conversations criardes se réduisirent en murmures, puis au silence. Les policiers essayèrent d'affronter le regard des clients pour montrer qu'ils avaient la situation en main, mais ils découvrirent que deux paires d'yeux peuvent difficilement en faire baisser une trentaine, et leur posture droite comme leur feinte assurance étaient davantage perçues comme une prestation comique qu'une démonstration d'autorité.

Le patron se tenait debout, les bras croisés, sa lèvre inférieure remontée en une moue d'avertissement.

— Hé ! Tip, l'interpella le trapu. Ton frère est là ?

Tip fronça le nez, puis d'un mouvement de tête, indiqua le fond de la salle.

— Il est là, fit le policier noir. À la table de billard.

Shade s'appuya sur sa queue de billard et regarda les extraterrestres bleus venir sur lui. Il considéra la manière dont les boules étaient disposées sur le tapis, puis se tourna pour les recevoir. Avant qu'ils puissent parler, il dit :

— Plus qu'une boule qui rentre, et l'affaire est dans le sac.

Le plus petit des deux agents secoua la tête :

— Le capitaine Bauer a dit tout de suite.

Piroque mit trop d'effet et rata sa tentative de combo six-neuf. Il se redressa, passa du bleu sur son procédé et sourit à Shade.

— Tu peux déclarer forfait, dit-il. Puisque le devoir t'appelle.

— Non, dit Shade.

Il se rapprocha du billard, calcula son coup, et se pencha pour tirer. Faisant saillir les muscles longs et sinueux de son bras gauche, il marqua une pause avant de frapper :

— La six, annonça-t-il, et elle disparut dans la poche, tandis que le fort effet qu'il avait imprimé à sa blanche emportait celle-ci jusqu'à la bande opposée.

— Le capitaine attend, fit le petit flic. Qu'est-ce que ça va te coûter ?

— Rien, dit Shade.

Il avait un espoir, qui impliquait un tir par la bande, car la huit qu'il avait envoyée balader interdisait tout tir direct :

— La neuf par la sept. Dans le coin, histoire d'avoir des témoins au cas où je réussirais mon coup.

Il se mit en posture pour le coup, frappa sa blanche pleine bille, sans effet, et regarda la sept traverser le billard pour faire exactement ce qu'elle avait à faire : frapper la neuf et l'envoyer gentiment dans la poche.

Il se tourna vers Piroque, dont la main était déjà plongée dans son portefeuille.

— Laisse tomber, Wendell. Paye une maquette d'avion à ton gosse.

— Non, non, dit Piroque en secouant la tête. Quand on perd, faut toujours allonger.

Il tendit à Shade un billet de cinq dollars, sans cérémonie :

— Tu touches ta bille, Shade, je te l'accorde. Mais t'es pas encore assez bon pour prendre la suite de ton vieux. Tu sais ça ?

— Merci, Wendell, dit Shade.

— Inspecteur, dit le flic bavard, tandis que son pied battait le sol avec une lourde insistance. Ça ne devrait pas nous prendre autant de temps.

Shade suivit les uniformes vers la porte, conscient du silence et du regard féroce de Tip posé sur lui. Du bar, Tip lui fit signe d'un doigt recourbé.

— Ouais? fit Shade.

Tip se pencha vers lui, puis avança ses bras massifs de façon menaçante:

— Tiens tes nouveaux potes loin d'ici. (Le visage grêlé aux traits émoussés de Tip était dépourvu d'expression, mais ses yeux bruns étaient pleins de colère.) Tu peux jouer avec eux dans la rue, mais les ramène pas à la maison, vu?

— Pourquoi tu les vires pas?

Tip lui lança un regard furieux:

— Tu me dois un rhum, petit malin! fit-il en reculant d'un pas. Finalement, il est pas à l'œil.

— J'ai du boulot, dit Shade en se dirigeant vers la porte.

Tip fit le tour du bar, comme s'il était un défenseur de première ligne baraqué et Shade un quarterback sur le point de marquer. Les deux flics laissèrent retomber leurs mains à la hauteur des crosses de leurs médiateurs de rue. Ils jetèrent partout des coups d'œil nerveux, tandis que les frères s'affrontaient du regard.

— Fous plus les pieds ici si c'est pour me faire des problèmes, dit Tip. (Il serra le poing et l'agita vaguement en direction de Shade.) J'te l'ai déjà dit, tu me coûtes ma clientèle, j'te botte le cul, frère ou pas.

Après s'être gratté le cou sous le menton, une vieille provocation, Shade répondit:

— Si ça te démange, mon frère, vas-y, te prive pas.

Tip ouvrit la bouche pour répondre, puis il considéra les uniformes et recula d'un pas. Il hocha plusieurs fois la tête:

— Ça a été un plaisir de te voir, René. Envoie-moi une carte postale de l'Apocalypse, tu veux bien ?

Shade tourna les talons, puis s'arrêta devant la grande, frappante, photographie qui le représentait humilié et couvert d'ecchymoses.

— La prochaine fois que je passe, Tip, ça serait bien que ce truc soit plus là.

— Non. C'est ma préférée, fit Tip dans un murmure emprunté. Parce que c'est tellement toi, frangin. Tellement toi.

Shade regarda encore la photo et l'étudia complaisamment. Finalement, il haussa les épaules et leva les mains au ciel :

— C'est tout le monde, un jour ou l'autre, dit-il, et il prit la porte.

Un peu de sang avait éclaboussé le téléviseur. L'inspecteur How Blanchette se pencha par-dessus le coûteux poste et regarda derrière sur la table. Des taches grises et des masses blanches étaient visibles au milieu des traînées de rouge.

— On dirait qu'il était en train de changer de chaîne, ou quelque chose comme ça, je suppose, fit-il. Si j'étais payé pour des suppositions, j'en aurais terminé.

L'agent auquel il s'était adressé ne répondit pas. Il semblait fasciné par le corps froissé d'un Noir d'âge mûr, un homme qui avait été détruit par une soudaine excavation à l'arrière de sa tête.

— Tu repères des indices dans son langage corporel, là, Cooper ? demanda Blanchette.

Blanchette était un homme gras aux cheveux couleur sable, qui persistait à porter par presque tous les temps un trench-coat en cuir noir dont il était convaincu qu'il l'amincissait d'une dizaine de kilos :

— Peut-être que Rankin est mort en imitant une lettre de l'alphabet pour nous filer un tuyau, hein ? Pour toi c'est plutôt un *m* ou un *z* ? (Cooper regarda ailleurs.) Ou peut-être qu'il utilise la langue des signes, hein, Cooper ? Tous les politiciens l'utilisent, maintenant.

Les yeux de Cooper croisèrent enfin ceux de Blanchette.

— T'as le cœur tendre, How, dit Cooper. Presque mou.

Cooper garda les mains en l'air et se mit à arpenter la pièce. Elle était décorée avec goût, un salon avec des lampes ornées et des meubles en acajou verni. Il secoua la tête :

— Je connaissais ce type. J'ai fait partie de sa putain de meute de chiens de garde, tu sais, à l'époque où ce truc de déségrégation scolaire a mal tourné. (Il s'interrompit, dos au cadavre.) Il me traitait vraiment bien, putain. Pas comme un domestique avec un flingue, tu vois. Vraiment bien, putain.

Blanchette opina, apparemment plein de compréhension :

— Pourtant, quelqu'un l'a pas trouvé si bien, je pense. Allez quoi, avec mes neuf ans d'expérience et tout, je pourrais peut-être même dire que c'est un fait. Je pourrais te dire de sortir ton carnet noir, là, celui qu'a plein de pages blanches, et d'en commencer une par : Alvin Rankin, conseiller municipal, s'est fait exploser la tête par quelqu'un qui ne le trouvait pas si bien que ça, putain.

— Je sors, dit Cooper. Misérable sac à merde !

Blanchette leva une main pour l'arrêter :

— Pour toi, c'est inspecteur Misérable-sac-à-merde, agent.

— OK, fit Cooper avant de sortir.

Blanchette inspecta la pièce, ses yeux noirs s'imprégnant de la scène, ses épais sourcils froncés par la concentration. La pièce était un témoin réticent. Pour une scène de crime, ce qu'elle était indiscutablement, elle rehaussait les standards de propreté. Sans le sang et le corps qui permettaient de la qualifier ainsi, songea Blanchette, la pièce aurait pu gagner la Médaille du Meilleur Ménage pour la Scène de Crime la plus Méticuleuse au Monde. La seule chose qui n'avait pas l'air à sa place, en dehors des restes déchiquetés d'Alvin Rankin, était le *guide télé* qui avait atterri à quelque cinquante centimètres à droite de la main tendue de Rankin.

Tandis que Blanchette spéculait sur les perspectives que proposaient les rares indices visibles, la porte principale s'ouvrit et le capitaine Karl Bauer pénétra dans le salon, suivi de près par la meute des spécialistes de la Criminelle.

Bauer était un homme épais, carré d'épaules, aux cheveux couleur écaille de carpe, toujours coiffés en brosse. Il avait des traits sévères et des poings noueux, mais la plupart de ses subordonnés le considéraient comme un officier de police incompétent. Ses talents de politicien, néanmoins, étaient indéniables, et il avait un don réel pour les grandes démonstrations d'amitié.

Le capitaine Bauer passa devant Blanchette et lui tourna le dos.

— Sa femme et sa fille sont en face, au 605. Chez un voisin du nom de Wilkes. Laissez-leur le temps de prendre un shot de whiskey ou une tasse de café, puis allez-y.

— D'accord, dit Blanchette. Elle a dit autre chose ?

— Si c'était le cas, je ne le garderais pas pour moi, inspecteur. Elle rentrait du cinéma, après avoir vu *Les Aventuriers de l'arche perdue* avec sa fille. (Bauer feuilleta son carnet de notes pour trouver le nom.) Janetha, dix-sept ans. C'était à peu près vers 23 h 45. (Bauer referma son carnet et le glissa dans sa poche de poitrine.) Fin du dialogue.

— Je crois que le portefeuille a peut-être disparu, dit Blanchette. Je le trouve nulle part dans le coin.

— Son portefeuille ? Tu entres par effraction dans une maison, tu tues un conseiller municipal qui roule en Mercedes et collectionne les vases chinetoques, et tu te contentes de lui prendre son portefeuille ? Ça vous paraît logique ? Le reste de la maison n'a même pas été fouillé, à ce qu'on dirait.

— Eh bien, dit Blanchette, les types qui n'ont pas l'habitude d'exploser des cervelles se comportent parfois bizarrement quand ça arrive. Les Français ont un mot pour ça, mais comme je le connais pas, j'appelle ça flipper.

— C'est une possibilité, dit Bauer.

Il se tourna vers les autres policiers dans la pièce et pointa vers eux ses deux mains, puis se mit à claquer des doigts :

— Remuez-vous, les gars. Fariello, prends plein de photos, ajouta-t-il pour le photographe.

Bauer avait vu faire ça dans un tas de films et il dirigeait le reste de son escouade criminelle dans une imitation inconsciente des manières tourbillonnantes de Rich Little.

Blanchette secoua la tête en regardant son capitaine. Il hochait sa tête de lune à triple menton dès qu'il remarquait les influences évidentes de Bauer. Là, du Broderick Crawford. Oh, cet aboiement est familier, ça ressemble fort à un zeste de Bogart. Ce regard d'acier, Matt Dillon l'a probablement fait fructifier à coups de rediffusions. Où est passé Kojak ?

Finalement, Bauer revint à Blanchette.

— Où est Shade ? demanda-t-il.

— J'suis pas de garde de Shade cette semaine, capitaine.

Bauer le toisa.

— Vous savez, Blanchette, pour un type petit vous êtes sacrément gras, on vous l'a déjà dit ?

— Personne qui soit encore en vie, monsieur. Un gentleman ne ferait pas ce genre de remarque de toute façon. Je le sais pour l'avoir lu dans le journal.

— Alors vous êtes un homme de lettres, Blanchette ? Prenez un beignet de plus et vous tarderez pas à en être deux.

Bauer se dirigea vers la porte, puis s'arrêta :

— Je vais chez le maire. Il va vouloir qu'on le tienne informé de toute cette histoire à la minute près. Quand Shade arrivera, allez avec lui parler à la femme et à la fille, puis retrouvez-moi dans la 2e Rue.

— D'accord, capitaine.

Dans la pièce qui donnait sur la rue, entre le salon et la porte d'entrée, trônait un vaste fauteuil de cuir hyperrembourré et en excellent état. Blanchette s'y enfonça et alluma un cigare en attendant Shade. Tout en fumant, il repensait à Alvin Rankin. Quarante-quatre, quarante-cinq ans, un pur produit du Pan Fry – la "Poêle-à-frire" –, le quartier noir historique de Saint-Bruno : intelligent et dur, et doué du rare talent de savoir avec qui se montrer dur et avec qui jouer au plus malin. Un futur gros bonnet du parti démocrate, à la puissance électorale croissante, puisque les citoyens du Pan Fry étaient de plus en plus nombreux à voter réellement plutôt que de tracer un X là où on leur montrait et de se tenir tranquilles le reste de la décennie. Blanchette savait qu'Alvin Rankin aurait pu devenir le premier maire noir de Saint-Bruno. C'était là, écrit en lettres de néon scintillantes, le premier mobile possible. La bannière du progrès social ne flottait pas en tête d'une foule unanime, et Saint-Bruno était depuis toujours une ville de méfiance tenace et d'opinions disparates. Les Saint-Brunians étaient imprégnés d'un mélange antipathique de fierté ancestrale hostile, de dureté égoïste et d'obscurantisme délibéré, qui continuait de produire une suite ininterrompue de générations dont l'étroitesse de vue n'était que très légèrement inférieure à celle de la génération ayant posé les briques qui pavaient toujours les rues de leur ville.

Blanchette dirigea son regard vers la pièce où avait pris fin l'avenir de Rankin. Oui, il aurait pu en arriver là, pas de doute, songeait-il. Pas dans les jours à venir, mais lorsqu'il aurait eu cinquante, cinquante-cinq ans. C'était au tour d'un autre, à présent.

Le bout de son cigare arborait une cendre de près de trois centimètres, que Blanchette secoua sur le tapis, puis écrasa du pied. Il observa la pièce qui l'entourait, se sentant légèrement déclassé parmi les nombreux objets d'art et articles de mode dont il ne connaissait même pas les noms. Ouaip, un endroit plutôt chouette pour un Noir qui n'était pas parti chercher fortune ailleurs en poussant la chansonnette ou en lançant un ballon dans un panier. Fallait sacrément savoir se débrouiller pour en arriver là, ici dans cette ville.

Shade entra, et Blanchette se leva.

— Content que t'aies pu venir, Shade. J'espère qu'ils t'ont pas interrompu au milieu d'une affaire importante. Comme un rencard avec cette petite brune bien roulée que tu fréquentes, là, celle qui se déhanche comme si elle avait pas de colonne de vertébrale. C'est quoi, son adresse, déjà ?

Shade passa devant Blanchette sans répondre et pénétra dans le salon. Le spectacle du corps de Rankin lui causa une petite faiblesse dans les jambes. Pas très professionnel, bien sûr, mais il ne pourrait jamais s'endurcir face à la posture molle choquante des cadavres. Et le comble était qu'il avait un peu connu Rankin.

— Ils n'ont pas pris de risques, dis donc, fit-il.

— Non, dit Blanchette.

Il se déplaçait avec un dandinement pugnace qui, en dépit de la lourdeur de son aspect, ne manquait pas d'une certaine grâce :

— Deux balles *zip, zip* à l'arrière du crâne. En général, c'est efficace.

— Qui l'a trouvé ?

— Sa femme et sa fille. Elles sont dans la maison d'en face.

— Bauer est passé ?

— Il vient de partir. Il est allé tenir la main du maire jusqu'à ce que le croque-mitaine quitte ses rêves.

Shade examina la pièce, louvoyant entre le photographe et les gars des empreintes.

— Un foutu boulot bien propre, fit-il. (Ses cheveux bruns étaient longs, coiffés en arrière, et il les peignait de la main, un tic qui lui revenait souvent quand il était distrait.) C'est sûrement un ami qu'a fait ça, hein ?

— C'est une définition du mot affreusement large, camarade Shade, pour un type qui te crible deux fois l'arrière du crâne.

— Un tir à bout portant, dit Shade. Dans son salon, en train de regarder la télé. Pour moi, on dirait qu'ils se connaissaient bien. Assez bien pour que ce vieil Alvin se détende en présence du type. Ou de la femme.

Blanchette prit le *guide télé* et l'examina minutieusement.

— Je dirais qu'il était en train de changer de chaîne, fit-il. Il n'est mort que depuis une heure, deux peut-être, à mon avis. Et ce qu'a dit sa femme le confirme.

Shade n'écoutait que d'une oreille distraite. La maison d'Alvin Rankin, sa mort, son corps mou, tout lui rappelait le Rankin qu'il admirait depuis qu'il était petit. Shade était beaucoup plus jeune que lui, mais il se souvenait très bien de l'audace avec laquelle Rankin, adolescent téméraire, avait descendu la crête depuis le Pan Fry jusqu'au fleuve et Frogtown. Il était venu seul avec une offre pour les gars de Frogtown : si on arrête de se battre les uns contre les autres juste pour l'amour du sport, il y aura moins de flics dans le coin et plus d'espace, vous voyez. Et ensuite on pourra s'occuper des affaires. Le Sadate du Pan Fry avait eu une vision et le cran d'essayer de la mettre en œuvre. Shade en avait été impressionné. Naturellement, les gars plus âgés de Frogtown avaient bastonné ce Noir arrogant jusqu'à le réduire en pulpe avant de le balancer d'une Chevy au pied de la colline du Pan Fry, mais depuis ce jour Shade avait gardé un œil sur la carrière de Rankin. Ç'avait été un type à suivre. Toujours.

Blanchette lui tapota l'épaule.

— À mon sens, il devait être en train de décrocher des *infos du soir*. Il a dû se fatiguer d'entendre comment les Israéliens et l'OLP ne se feraient jamais le bisou de la grande réconciliation, quel que soit notre empressement à assister aux noces. Alors, il s'est levé pour passer à autre chose.

Blanchette souligna du pouce une ligne du guide télé :

— Je dirais qu'il a zappé sur la 41, pour le dernier film du soir, *Le Marchand de bonne humeur*.

— Qu'est-ce qui te fait dire ça ? C'est ton intuition de joufflu qui parle ?

Blanchette leva les mains au ciel et haussa les épaules :

— C'est exactement ce que j'aurais fait. J'adorais ce film quand j'étais gosse. Je l'ai vu au vieux Fox, tu sais ?

— J'avais oublié ça, How, dit Shade. C'était en 1953, hein ? Je me souviens être allé à la bibliothèque, à la place.

— Ouais, dit Blanchette. T'avais pris ce livre : *101 Mauvaises Blagues*, pas vrai ? Après, tu l'as appris par cœur.

Shade commença à déplacer des meubles, cherchant des cartouches. Il était en train de mémoriser tous les détails de la pièce.

— Pas de signes d'effraction ? demanda-t-il.

— Pas le moindre. À moins qu'un génie malveillant se soit glissé par le trou de la serrure. Pas d'égratignures sur le verrou, pas de traces de pied-de-biche.

L'intimité qui entourait ces meurtres, l'ami au revolver, les vieilles rancunes, l'occasion naturelle d'assouvir une vengeance, leur conférait un aspect tragique qui manquait à d'autres crimes.

— C'était forcément quelqu'un qu'il connaissait et à qui il faisait confiance.

— René, dit Blanchette, il était peut-être noir, mais c'était tout de même un politicien, tu sais ? Ces types-là doivent jouer le jeu, comme les contremaîtres irlandais ou les sénateurs allemands, mon vieux. C'est leur boulot de se laisser approcher par les électeurs. C'est comme ça qu'ils obtiennent leurs voix. La seule chose que ça implique, autant que je sache, c'est qu'on peut restreindre nos recherches aux membres de son propre parti.

— Ça, répliqua Shade, c'est une suggestion qui va sans aucun doute faire ricaner lourdement monsieur le président du comté devant son verre de cognac.

Les deux mains étalées de chaque côté du corps, Mme Cleo Rankin se laissait aller contre le dossier du sofa, la tête bien droite, et affrontait le regard de Shade, l'air incontestablement soupçonneux sous l'ondulation de sa frange. Le reste de sa chevelure tombait en dégradé de part et d'autre de son visage et dans son dos. Le teint de sa peau moka était habilement contrasté par un rouge à lèvres carmin luisant et des bijoux blancs.

— J'ai tout dit au capitaine. Je n'ai rien à ajouter.

— Janetha aurait-elle remarqué quelque chose ? demanda Shade.

— Elle est entrée derrière moi. Je ne suis pas même sûre qu'elle ait bien vu… ce que j'ai vu. Elle est en haut, pour le moment.

— Alvin avait-il beaucoup de liquide sur lui ? demanda Blanchette, brutalement. Est-ce qu'il avait l'habitude de sortir un rouleau de billets de banque à la boutique du coin ou dans des endroits de ce genre ?

Les yeux de Cleo s'assombrirent.

— Après avoir garé sa Cadillac rose, sans doute ? rétorqua-t-elle.

— C'est pas ce que je voulais dire, répondit Blanchette sans mettre dans son ton la moindre nuance d'excuse. Mais son portefeuille a disparu. Et c'est la seule chose, d'ailleurs.

Le regard de Cleo glissa des deux inspecteurs pour se fixer sur le mur :

— Je ne crois pas qu'on l'ait tué pour son portefeuille, dit-elle.

— Tout le monde sait que même deux cents dollars peuvent être alléchants par ici, fit Shade.

— Vous voulez dire que c'est le prix d'un meurtre, chez nous, les dégénérés du Pan Fry ? C'est *ça* que vous voulez dire ?

— Ou de Frogtown, dit Shade. Ou d'un tas d'autres endroits avec de plus jolis noms.

Cleo releva la tête et se figea, puis elle prit une décision. Elle attrapa son sac à main en cuir noir, posé sur le sofa, et en tira un portefeuille beige.

— Il était dans sa poche, dit-elle en le tendant à Shade.

— Madame Rankin, fit ce dernier, avez-vous touché à quoi que ce soit d'autre là-bas ? Il est essentiel que nous le sachions.

Les crimes sont suffisamment pénibles pour qu'en plus les membres de la famille n'aillent pas nous égarer sur de fausses pistes, songea Shade.

— Il aurait mieux valu que vous le laissiez où il était.

Blanchette se tenait à côté de Shade, quand ils examinèrent le portefeuille.

— Vide, dit-il. L'ami qui l'a buté était une triple menace… ami, tueur et voleur.

— Non, dit Cleo. Voici.

Elle sortit de son sac une liasse de billets et la tendit à Shade :

— J'ai retiré l'argent du portefeuille.

— Pourquoi vous avez fait ça ?

Le visage de Cleo exprima coup sur coup raideur, puis amertume :

— Je ne voulais pas que les premiers flics arrivés sur les lieux se battent pour savoir à qui ça reviendrait, voilà pourquoi !

— Mmm, grogna Shade.

Il savait qu'il existait des voleurs en uniforme. Des flics qui ramassaient des montres sur les lieux de suicide, et quelques bouteilles d'alcool quand elles étaient à portée de main. Il en avait été témoin une fois, et ce flic-là ne recommencerait plus.

— Et c'est la première chose qui vous soit venue à l'esprit en voyant votre homme baignant par terre dans son sang ?

Cleo accusa le coup. Elle prit une cigarette dans le paquet posé sur la table basse et l'alluma avec un lourd briquet en argent :

— Alvin réussissait, et j'en ai toujours été reconnaissante. Reconnaissante, vous ne savez pas à quel point. Mais, à cause de son travail, nous n'avons jamais quitté le Pan Fry. Et je n'ai jamais oublié que j'ai grandi ici, vous voyez ce que je veux dire ?

— Ouais, fit Shade. Je crois que je vois.

— Quand j'étais petite, nous vivions à quatre blocs d'ici, avec une flaque de boue comme cour et trois familles dans la même maison. Un jour que j'aidais ma grand-mère à faire une tarte aux mûres, son cœur a flanché pendant qu'elle portait la tarte au four. Elle est tombée, la tarte est tombée, et j'ai hurlé au secours. J'avais quinze ans, fit-elle avec un rire triste. C'est assez grand pour avoir plus de jugeote normalement. Mais non. Finalement, deux policiers sont arrivés. Je me souviens encore de l'un d'eux, un dénommé Burris. Un affreux rouquin, vous voyez, avec des taches de rousseur comme des boutons. Eh bien, ils sont restés debout au-dessus de ma grand-mère, la regardant pendant un bout de temps, puis ils ont dit : "Tatie Sally pourra jamais terminer sa tarte." Ils ont commencé à faire le tour de la pièce. C'est étonnant que je me sois retrouvée toute seule dans la maison ce jour-là. Ils ont fait le tour de la maison jusqu'à ce qu'ils tombent sur une vieille horloge sculptée assez grande que nous avions. Elle était dans la famille depuis des années. "Descends au magasin Lehman et appelle un corbillard", m'a dit Burris. Et je l'ai fait, comme si ça aurait pu l'aider, elle. Quand je suis rentrée, la police était partie, grand-mère gisait toujours là où je l'avais laissée, et il y avait un grand vide à la place où était l'horloge.

Il y eut un silence, puis Blanchette s'ébroua pour se décoller du mur contre lequel il s'était avachi.

— Quelle triste histoire, fit-il. Où sont les Kleenex ?

— Vous voyez, fit Cleo en désignant Blanchette du doigt. En cachant cet argent, j'ai probablement évité un tas d'histoires. Il l'aurait immédiatement empoché.

Les pouces enfoncés dans les passants de sa ceinture, Blanchette se balança en arrière sur ses talons et fit la grimace.

— C'est mon boulot d'amasser les preuves, fit-il. Je crois que c'est ce qu'on peut lire page 201, ou pas bien loin. C'est dans le manuel, et je m'en tiens au manuel. N'importe qui peut s'en rendre compte.

Cleo se leva et lissa sa jupe. Elle se dirigea vers la porte et la maintint ouverte.

Shade fourra l'argent dans le portefeuille et la suivit à la porte.

— Je n'ai vraiment rien d'autre à ajouter, leur dit Cleo.

— Navré pour le drame qui vous a frappée, fit Blanchette en passant devant elle pour sortir sur la pelouse.

Des lumières rouges et bleues tournoyaient dans la nuit, des uniformes blancs poussaient un brancard recouvert d'un drap devant la maison d'en face. De nombreuses voix faisaient vibrer la nuit, plates, enjouées ou rageuses. Une foule s'était assemblée, en grande partie silencieuse et prêtant l'oreille aux conversations des officiels.

— Reposez-vous, dit Shade.

— Contentez-vous de faire votre travail.

— Pas besoin de nous le dire, ma petite dame ! aboya Blanchette.

— Hé, dit Cleo en tendant une main, paume en l'air. L'argent, s'il vous plaît.

Shade se passa la main dans les cheveux et secoua très doucement la tête.

— Vous n'allez pas le croire, fit-il, mais, à présent, c'est devenu une preuve matérielle.

Cleo se raidit et retira sa main.

— Ben *voyons* ! fit-elle.

Les deux inspecteurs s'étudièrent l'un l'autre pendant un moment, puis Blanchette haussa les épaules. Shade fit demi-tour et tendit le portefeuille à Cleo.

— Je ne suis pas obligé de faire ça, dit-il. Mais je vais le faire quand même.

Cleo accepta le portefeuille et rentra.

— Vous vous sentez coupable, dit-elle. C'est tout.

Puis elle claqua fermement la porte.

3

La voiture de Shade et Blanchette filait par les rues du Pan Fry, laissant derrière elle des maisons de bois qui s'effondraient sous le poids de plus d'un siècle de misère et d'âpreté, et des bosquets d'immeubles de deux étages dont la moitié des appartements exposaient des fenêtres délabrées et les autres des fenêtres peintes bien proprement et ornées de fleurs rouges et jaunes. De temps en temps, à la faveur d'une légère et fugitive amélioration du niveau de vie, on voyait un coquet pavillon soigneusement entretenu aux couleurs assorties, avec son garage et sa clôture grillagée.

— How, dit Shade, il faut que je te pose une question. À quoi ça te sert d'être grossier ? Qu'est-ce que tu y gagnes ?

Après un grognement aimablement amusé, Blanchette répondit :

— Je pourrais te donner une bonne raison. J'en connais une. Ce que je pourrais dire, c'est que ça fait réagir les gens, donc qu'ils laissent échapper des trucs qui me facilitent le boulot. Je pourrais te raconter ça.

— Mais tu le feras pas.

— Pas à toi, là, dans le noir et en tête à tête. Je veux dire, la vérité c'est que les gens me tapent sur le système la moitié du temps. Leurs conneries m'ennuient. Une petite de temps en temps, passe encore, mais alors étonnez-moi, me faites pas piquer du nez. (Blanchette regarda Shade et lui fit un clin d'œil.) Tu vois de quoi je parle. Ceux qui me rendent dingue, c'est ceux qui disent: "C'est la faute à la société." (Blanchette les imita:) "J'ai pas eu de vélo pour mes huit ans, Votre Honneur, alors, bien sûr, on peut pas me reprocher d'avoir enfoncé ces clous à coups de marteau dans la tête de la bonne sœur et d'avoir violé le curé quand j'avais vingt ans!" Putain, quoi! Je suis né dans la crasse, et maintenant, j'bosse pour encore plus de crasse.

— Donc personne d'autre n'a le droit de se plaindre?

— Ils peuvent se plaindre autant qu'ils veulent, mais je m'en moque.

— Tu n'as aucune compassion pour toi-même, fit Shade.

— Il faudrait que je retourne à l'université pour comprendre ce qu'y peut bien y avoir d'intelligent à ça, partenaire.

Les lumières de la rue devinrent plus brillantes lorsqu'ils eurent dépassé le Pan Fry. Saint-Bruno, avec sa population de deux cent mille âmes, était une ville aux quartiers fort nombreux, dont Frogtown et le Pan Fry n'étaient que les deux plus étendus et les plus célèbres, mais qui comptait aussi, presque aussi peuplées, presque aussi vastes, de multiples circonscriptions plus anonymes ou plus ternes.

Blanchette prit vers l'est dans Clay Street, avec une assurance qui fit crisser les pneus, et comme la circulation était peu abondante, il écrasa l'accélérateur. Pio's Italian Garden était encore ouvert, et le néon rouge en forme de pizza de sa vitrine clignotait toute la nuit pour attirer le client. Blanchette trouva dans ses souvenirs de repas variés mais copieux qu'il avait pu y prendre une raison suffisante pour donner un brutal coup de volant qui les conduisit dans le parking.

Il jeta un regard à Shade :

— Un homme doit bien se nourrir de temps en temps. T'as faim ?

— Bon sang, non, mec.

Blanchette émergea de la voiture, puis s'appuya à la portière.

— La tragédie pompe l'énergie, René. En tout cas, pour moi c'est comme ça. Je crois que je cracherais pas sur un sandwich aux boulettes de viande.

— T'es un homme, toi, How. Un *vrai.*

Blanchette opina, puis il ferma la portière et entra chez Pio.

Pour des raisons que Shade trouvait trop embrouillées à énoncer et trop abstraites à saisir, il aimait bien How Blanchette. Ce qui faisait de lui le membre d'un club très fermé. Mais il connaissait Blanchette depuis tellement longtemps et leur passé à Frogtown s'entremêlait trop pour qu'il ne lui pardonne pas tout, même l'impardonnable.

How avait commencé sa vie à Frogtown à quelques ruelles au nord de chez les Shade, sous le nom d'Arthur Blanchette. Son père, l'excentrique Leigh Blanchette, personnalité chérie par les gens du coin, avait alimenté nombre d'histoires extravagantes qu'on racontait avec force gestes dans les arrières-salles des bars, et autant d'anecdotes persiflées à demi-mot après la messe du dimanche, reprises par toutes les générations de Frogtowners, tout en collant à son fils un surnom qui allait devenir à la fois son fardeau et sa distinction.

Alors qu'How n'avait que quinze ans, et qu'on le connaissait encore sous le prénom d'Arthur, la famille Dunne, qui habitait derrière chez eux, avait offert à ses garçons des arcs et des flèches pour leur anniversaire. Très vite, leur arrière-cour se transforma en champ de tir informel, et leurs flèches volèrent en direction du talus boueux qui servait de frontière entre chez eux et chez les Blanchette. Papy Dunne était un Irlandais qui se piquait de certains talents personnels, avait d'imposantes ardoises dans les bars du coin et travaillait chez Jerry's Seat Covers. Il voulait que ses enfants soient meilleurs que lui, meilleurs en tout. Aussi, un soir, après s'être sérieusement musclé le coude avec des chopes de bière, avait-il décidé de leur montrer ce qu'était *vraiment* le tir à l'arc. Il avait bandé son arc, armé sa flèche et visé en introduisant une innovation audacieuse : réprimer ses tremblements ; puis il l'avait lâchée, à l'apogée de son ivresse. La flèche du destin avait survolé de plusieurs pieds le talus, glissé entre les arbres de l'arrière-cour voisine et fracassé la fenêtre de la salle TV des Blanchette.

L'histoire n'élucidera jamais vraiment la chose car, depuis le tout début, une nébuleuse de hasards avait obscurci l'incident. Mais Leigh Blanchette s'était approché lentement, presque furtivement, dans l'arrière-cour, la flèche à la main. Il l'avait rendue au très inquiet Papy Dunne, puis s'était allongé dans la boue. Ça lui avait causé un sacré choc, avait-il expliqué, cette flèche qui avait filé vers son cœur en explosant leur fenêtre au passage. C'est le handball qui l'avait sauvé, avait-il fait observer, car il avait eu le réflexe de se contorsionner exactement ce qu'il fallait sur sa droite pour que le messager de mort à la pointe acérée l'épargne. Papy Dunne était soûl, mais c'était un état dans lequel il évoluait à l'aise, et il avait fait remarquer que c'était rien d'autre qu'une flèche de gosse à la pointe émoussée, qui pouvait tout juste mettre K.-O. un oiseau, à condition de viser juste, mais qui ne menaçait guère les jours de quelque cible accidentelle que ce soit. "*Gunsmoke*", avait rétorqué le père Blanchette. N'était-ce pas une curieuse coïncidence qu'il ait justement été en train de regarder *Gunsmoke* au moment précis où une flèche, un péril qui ne l'avait jamais menacé jusqu'ici, se précipitait sur lui, tirée par un archer embusqué ? Ce feuilleton ne passe pas le mardi, avait dit Papy Dunne. Mais personne n'écoutait.

Au bout d'une semaine, le père Blanchette expliquerait à tout le monde qu'il avait été mystiquement choisi pour cible par les esprits forcenés des guerriers des temps anciens, et qu'une pluie de flèches s'était abattue sur lui, si violente et abondante, qu'il n'avait pu que se signer en s'émerveillant d'être toujours en vie. Et la chose qui donnait vraiment à réfléchir, disait-il, c'est qu'au moment où ce combat ancestral était intervenu dans le cours de son existence, il était justement en train de regarder Tom Jeffords et Cochise se serrer la main dans *La Flèche brisée.* Force bouteilles de vin rouge contribuèrent à l'élaboration de son récit, et dans le mois qui suivit, le père Blanchette se mit à hanter les antiquaires et les chiffonniers, à la recherche de tapis navajos et de statues d'Indiens en plâtre.

Ainsi que Shade s'en souvenait parfaitement, car lui et ses frères Tip et François n'étaient pas moins fautifs que les autres dans cette affaire, on s'était bientôt mis à accueillir Arthur Blanchette dans la rue, la paume levée, par des grognements en forme de *How*[*]. Il était déjà corpulent à l'époque, et son visage virait au rubicond, tandis que ses poings se crispaient. C'était une chose bien connue que si jamais Arthur parvenait à vous attraper et laissait tomber sur vous sa masse, il remporterait la victoire. Mais c'était chose non moins connue que même le plus lent pouvait facilement le distancer à la course, et que le plus doué des percussionnistes corporels du coin pouvait se permettre quelques fulgurants roulements à la Buddy Rich sur sa tête et ses épaules, avant que son poing vengeur ne frappe quelque chose de solide. Aussi lui fut-il impossible de s'opposer à l'avènement de son nouveau surnom.

Bientôt, on ne le connut plus que sous ce nom de How, tandis que son vrai prénom s'envolait avec son enfance ingrate. En grandissant, il finit par accepter son sobriquet, ayant découvert que la plupart des grands athlètes sont devenus célèbres sous un nom qui n'est pas celui dont on les a baptisés. C'était pareil pour les présidents, et maintenant ce serait pareil pour lui.

Shade, assis dans l'obscurité de la voiture, regardait les phares luire dans Clay Street en ricanant au souvenir de certaines anecdotes.

Blanchette revint, un sandwich enveloppé dans du papier paraffiné à la main, la sauce rouge dégoulinant le long de ses doigts contractés. Il se glissa derrière le volant, puis dut se pencher pour récupérer une boulette de viande

[*] *How* est le terme anglicisé et stéréotypé, dérivé du salut lakota *háu*, dont l'équivalent francisé est *ugh*.

qu'il avait laissée échapper. Il la retrouva sous le siège et la remit dans son petit pain.

— Si t'arrêtais de l'étrangler comme un poulet, tu ne t'en mettrais pas partout, How.

Blanchette planta ses dents dans le sandwich et se mit à mastiquer l'ample portion avec passion, la bouche tordue de petits chuintements de plaisir.

— Ouais, mais il risquerait de tomber, dit-il.

— Ce qui est arrivé quand même.

— Hé, mec ! Je l'ai payée, cette boulette !

— C'est l'essentiel, grogna Shade.

Après une seconde bouchée, laquelle aurait pu faire un repas entier à elle toute seule, Blanchette opina.

— C'est ce que j'ai toujours pensé, fit-il.

Au coin de la rue, près du poste de police, Shade sauta hors de la voiture pour finir à pied pendant que Blanchette allait se garer sur le parking à l'arrière. Plusieurs voitures étaient parquées devant le bâtiment, et un amas de silhouettes murmurantes s'agglutinait près de l'entrée principale. Shade tambourina du poing sur le capot d'une berline grise et fit un geste au type qui l'occupait.

— Allez vous garer ailleurs, fit-il.

Le type bâilla, puis lui sortit sa carte de presse.

— Je suis du *Daily Banner,* dit-il, comme si cette phrase était une protection suffisante.

Le ton déplut à Shade.

— Ils payent vos amendes ? Ou vous êtes trop riche pour que ça vous gêne ?

— Je suis sur une affaire. Vous êtes inspecteur, pas vrai ?

Shade se pencha vers la vitre du conducteur. Il cogna du poing contre la portière, se demandant pourquoi il avait choisi cette voiture pour faire respecter le règlement.

— Monsieur, dit-il, ça m'ennuierait de devoir mettre une amende à un intermédiaire du peuple, mais vous allez m'y forcer. Vous voyez, l'ami, je déteste jouer au plus con. (Un sourire passa sur son visage.) Mais c'est mon boulot.

Le reporter hocha la tête avec résignation.

— On pourrait continuer cette discussion pendant un bon bout de temps, hein ?

— Et, à la fin, je vous mettrais une amende.

— J'ai compris, dit le reporter en démarrant.

Shade grimpa les marches du commissariat.

Il y avait là un tas de journalistes, de badauds assoiffés de sang, de petits officiels, tous rassemblés sur le perron. Comme une foule froidement attentive lors d'un match, secouant brusquement des mains pour écraser les insectes qui s'étaient donné rendez-vous sous les archaïques globes lumineux suspendus de part et d'autre de l'entrée, et sur lesquels, peint à la main, s'inscrivait un redondant POLICE. La nouvelle du meurtre se répandait rapidement, et de plus en plus de monde continuait d'arriver pour traîner sur les marches usées de l'immeuble en pierres blanches.

À la porte, un petit jeune a l'air de chien battu, un journaliste du nom de Voigt, avec un épi et du genre à ne porter que des polos, fondit sur Shade.

— René, fit-il, en lui emboîtant le pas après une tentative infructueuse pour lui serrer la main avec familiarité. Inspecteur Shade, je veux dire. Un commentaire sur le meurtre de Rankin ?

Shade ralentit, se gratta la tête, puis la secoua.

— Qui est l'autre gars du *Banner* ? demanda-t-il en désignant la rue d'un signe tête.

— Quel autre gars ?

— Le gars à qui je viens de faire déplacer sa voiture. Les cheveux poivre et sel, la peau comme une laitue fanée.

Voigt eut un rictus de compréhension.

— Oh ! Braverman ! Merde !

Voigt balança son bloc-notes au sol. Tandis que Shade continuait d'avancer, il put l'entendre vociférer :

— Je suis tout juste bon à couvrir les gosses qui font des graffitis sur les ponts, ou les vieilles qui dérouillent leur agresseur à coups de parapluie. Mais dès que je tombe sur un *bon* sujet…

Dans les entrailles de l'immeuble, sur le parquet ciré comme une patinoire, près d'une porte marquée MESSIEURS qu'une poubelle débordant de paperasses jaunies maintenait ouverte, Shade se sentit étrangement stupide. Il commençait à réaliser les implications du meurtre de Alvin Rankin. Ils allaient être gentiment cravachés sur cette affaire : éperons au train, coups de pression, jeux d'influence, et portes cruciales froidement claquées au nez.

En passant devant le bureau de la réception, il marmonna à l'intention du gars qui l'occupait un embrouillamini de mots confus. Il allait pousser la vieille porte verte de la salle d'escouade quand il entendit quelqu'un l'appeler.

— Quoi ? demanda-t-il au policier de garde.

— Blanchette est avec toi ?

— Mon homme est en train de garer la voiture, dit Shade avant de s'engager vers la porte battante.

— Hé, Shade. Une minute. Vous êtes censés filer directement chez le maire Crawford. Le capitaine a demandé qu'on vous y envoie tout de suite. Pas de café, pas de pause-sandwich. Immédiatement.

— Il t'a aussi demandé de m'appeler Shade ?

— Hein ? Qu'est-ce qui te prend ?

Quelque chose dans le ton de l'homme avait résonné comme une insulte ; mais, à présent, Shade se sentait mesquin.

— Rien, dit-il. (Il considéra le long couloir vitrifié et se paya un sourire sardonique.) C'est simplement que certains aspects de ma vie d'adulte déçoivent l'"éternel enfant" en moi.

— Ah, fit le policier de garde. Et moi qui pensais que t'étais juste un connard.

— Eh bien ça, fit Shade en redescendant vers l'entrée, c'est précisément l'un des plus gros soucis de l'"éternel enfant", si tu peux me croire.

Le policier se rassit, et posa les deux pieds sur son bureau.

— Je pourrais probablement, dit-il, mais je crois que je vais passer mon tour.

Blanchette s'écroula contre l'épaule de Shade en mimant l'épuisement nerveux, et se mit à se tapoter les cuisses pour un massage éclair.

— Je viens juste de la laisser, souffla-t-il. Garée près du panneau là-bas. Celui à l'angle du parking qui marque les quatre cents mètres. Je crois, en tout cas. L'autre tête de con n'aurait pas pu nous prévenir par radio, plutôt ?

Shade se retira de sous la masse pesante de Blanchette.

— Ils auraient pu, si.

— Il nous faut un syndicat, si tu veux mon avis. Le chef pense qu'il peut se dispenser de la technologie en se reposant sans vergogne sur notre santé physique. Les syndicats les font payer, s'ils font ça.

Shade insista pour conduire, cette fois-ci. Tout au long du cycle nocturne, les rues s'étaient lentement transformées, passant des allées des menus plaisirs et des péchés capitaux qu'elles avaient été, grouillantes de tristes fêtards et des Mystères du Grand Oubli, au vide des lendemains de fête. Leur asphalte n'était alors chatouillé que par les roues des taxis ou des voitures de ronde, et par les semelles des voleurs et celles des infirmières qui allaient prendre leur garde de nuit. Mais, maintenant, ceux qui fournissaient à la ville la fibre puissante de leurs biceps entamaient leur trajet quotidien, se frottant du poing leurs globes oculaires, tout en balançant leurs Thermos pleines de café bouillant sur le siège où attendait déjà leur tasse, pour filer ensuite vers McDonnell-Douglas, l'usine de chaussures Salter-Winn, la laiterie et, toujours, l'hôpital. L'aube n'était encore qu'une vague promesse à l'est, et la nuit se ceignait les reins pour le dernier round, avant sa défaite finale.

Shade se frayait un chemin à travers une circulation somnolente en direction de Hawthorne Hills, une série de collines qui grêlaient comme autant de furoncles le sud de la ville et abritaient la plupart des nantis et nombre des élus de Saint-Bruno.

Sur une des hauteurs, une grande maison blanche s'alanguissait tel votre transat préféré sur le pont du bateau, étendant l'un de ses pieds jusqu'au ruban d'une rivière et enveloppant de l'autre un petit bois de chênes. Shade s'engagea dans l'allée.

Le capitaine Bauer s'était garé près du court de tennis. Shade rangea sa voiture à côté de la sienne et s'avança vers la maison, accompagné de Blanchette.

Il savait que le maire Crawford avait fait beaucoup de choses avant d'embrasser la politique, mais avoir eu la bonne idée de naître les poches suffisamment pleines pour se mettre à l'abri du besoin semblait être l'expérience la plus utile à sa nouvelle carrière.

Le maire vint lui-même leur ouvrir la porte. Il portait un pantalon et un polo, sous une robe de chambre rouge cerise lâchement nouée. En bonne forme physique et la chevelure argentée, il ressemblait à un vieil étalon de soap opera diffusé à heure de grande écoute.

— Entrez, messieurs, fit-il.

Il affichait une affliction toute professionnelle, sa solennité faisant des heures supplémentaires.

— Comment se porte la famille d'Alvin ?

— On s'occupe d'elles, dit Shade.

— Elles doivent être sous le choc, murmura Crawford en secouant la tête.

— Non, monsieur, dit Blanchette. La femme, cette… Cleto Rankin, ou je sais pas, a l'air de prendre ça plutôt courageusement.

Crawford regarda Blanchette, l'air navré.

— Elle s'appelle Cleo, dit-il. Et elle est sûrement sous le choc. Vous, peut-être pas, mais moi aussi je le suis.

— Ce qui choquerait How donnerait des cheveux blancs à des milliers de personnes, dit Shade.

— Je vois, fit Crawford. How Blanchette, hein ? Le fils de Leigh, si je ne m'abuse ?

— Oui, monsieur. Avant de devenir ces cent kilos de secousse sismique imminente, j'étais le fils de Leigh.

Crawford rit, puis se frotta la bouche de la main.

— J'ai dû attraper un rhume, dit-il… Je me souviens de Leigh. J'entendais souvent parler de lui à Saint-Peter, à peu près une messe sur trois.

Blanchette fit la grimace, puis mit les mains dans ses poches.

— Ça ne m'étonne pas, monsieur.

— Il avait, euh, disons… un esprit singulier, votre père.

— Je ne veux vraiment pas en entendre parler.

Crawford ne fronça même pas les sourcils, affichant la hautaine réserve du seigneur du village vis-à-vis du serf impudent. Il sourit avec indulgence.

— Bien entendu, Blanchette, fit-il doucement. Je peux tout à fait comprendre que vous n'ayez pas envie de partager des souvenirs précieux de votre cher père.

Blanchette tressaillit, puis regarda ailleurs, dans la direction du capitaine.

— Il me semble que quelqu'un devrait surveiller la radio pour le moment, capitaine.

— Bien sûr, répondit Bauer.

Il lui fit signe depuis là où il était assis, un fauteuil tapissé de brocart royal dans lequel deux comme lui auraient pu dormir à l'aise :

— Ce serait peut-être plus prudent.

— J'en suis sûr, dit Blanchette.

Tandis qu'il se dirigeait vers la porte, Crawford lui dit :

— Tout le plaisir était pour moi.

Lorsque la porte se referma, Shade prit la parole :

— C'est un homme bien.

— J'dirai qu'il en est même presque *deux*, intervint Bauer.

— Ha-ha-ha.

Shade parcourut la pièce des yeux, essayant de deviner combien de ballons de basket il pourrait échanger contre un seul cendrier. Il se demandait pourquoi il était là. Personne ne semblait vouloir lui demander quoi que ce soit.

— Shade, fit enfin Bauer. Voici l'inspecteur René Shade.

— Encore un nom qui me dit quelque chose, dit Crawford.

— Je ne pense pas que nous nous soyons déjà rencontrés.

— Je n'en ai pas non plus souvenir.

Crawford servit du café dans deux tasses d'un service en argent qui occupait une étagère, au-dessus du piano. Il en tendit une à Shade.

— Noir ?

— Parfait.

— Moi il faut que je puisse m'endormir bientôt, dit Bauer en regardant par la fenêtre, fixant le vide.

Quand Shade eut pris place sur le banc du piano, dédaignant les chaises, considérant ses fesses incapables d'apprécier suffisamment leur raffinement, Crawford se pencha vers lui.

— C'est une chose épouvantable qui vient d'arriver à Alvin. Le pauvre homme. Et je sais que ce n'est pas un événement aussi rare qu'on le souhaiterait, commença-t-il avant d'agiter la main. Mais qu'est-ce que je raconte ?

Vous êtes mieux placé que moi pour le savoir, n'est-ce pas ?

Les spasmes incontrôlés de son regard triste, la mollesse de son attitude apitoyée, tout criait le texte appris par cœur par l'acteur politique. Le maire Crawford les incarnait tous avec l'aisance d'un Laurence Olivier réaliste.

— Les cambrioleurs, de nos jours, Shade... qu'en pensez-vous ? En majorité des junkies, n'est-ce pas ?

— Il y a plus de cambrioleurs cambrioleurs que de cambrioleurs junkies.

— Vous m'avez l'air bien informé. Ça n'a pas beaucoup d'importance, je présume. Un rat de rivière de Frogtown aperçoit un vase Ming et une tarte aux pommes par la fenêtre et jure que, par Dieu, il pourrait bien tuer pour une si belle pâtisserie. (Crawford regarda Bauer, qui se tortilla avant de glousser de manière professionnelle.) Mais celui-là, ce cambrioleur-là, je veux qu'il soit attrapé rapidement. Et ça ne me briserait pas le cœur si ça devait se produire avant qu'il ait coupé la tarte et planté sa cuillère dans la boule de glace vanille qui l'accompagne. Vous me suivez ?

Shade comprit soudain, avec déplaisir, ce qu'on attendait de lui.

— Je ne pense pas qu'il s'agisse d'un cambriolage. Je pense que c'est un meurtre, purement et simplement.

— Et vous ? Qu'en pensez-vous, capitaine Bauer ? (Bauer dressa la tête et haussa les épaules.) Ça aurait pu être un cambrioleur surpris par Rankin.

— Les preuves ne disent pas ça, dit Shade.

— Mais ça arrive sans arrêt, n'est-ce pas ?

— Bien entendu, dit Bauer.

— Non. (Shade se pencha en avant, les coudes sur les genoux.) La plupart des assassinés le sont délibérément, pas à cause d'un accident improbable. Et je suis sûr que ce n'est pas non plus un cas de roulette russe, où il se serait collé un pistolet à *l'arrière* du crâne pour tirer *deux* cartouches. Rien n'a été emporté, chez les Rankin, et il s'est fait descendre pendant qu'il matait la télé avec quelqu'un. La plupart des gens qui surprennent un cambrioleur ne leur demandent pas quelle chaîne ils préfèrent.

Crawford croisa le regard de Bauer et leva un pouce en direction de Shade.

— Une bonne recrue, que vous avez là, capitaine, fit-il avant de se tourner vers Shade. Donc vous pensez que Rankin a été tué par un de ses proches ?

— Oui, monsieur.

— Et puisqu'il était conseiller municipal, que ça pourrait être lié à son poste ?

— Ce n'est pas exclu.

— Nous pourrions peut-être organiser un petit défilé, hein, Shade ?

Comme la réponse tardait à venir, le maire se mit à arpenter la pièce, tripotant d'un air distrait quelques jolis bibelots et gesticulant en silence.

— Oui, poursuivit-il. On pourrait offrir aux médias et aux âmes simples de tout Saint-Bruno une passionnante petite promenade dans l'asile de fous local que nous appelons la politique. Comme ça, on trouverait sûrement une tête brûlée quelconque pour poser des questions sur qui est impliqué dans le meurtre de l'héritier présomptif noir. Ne serait-ce pas magnifique ?

— Ce serait bien le premier défilé qu'il me serait donné de conduire, monsieur le maire. C'est pas mon truc.

Le capitaine Bauer agita un index sous le nez de Shade :

— Vous savez ce qui vous manque ? Un peu d'exercice ! On a encore des gars qui patrouillent à pied dans le centre commercial, vous savez ?

Crawford leva les mains devant lui, en signe d'apaisement.

— Ce n'est pas nécessaire, dit-il. Nous pouvons en faire abstraction.

Il se dirigea vers le service à café et se versa une autre tasse. Mais plutôt que de se servir une tasse pleine, il remplit délicatement les trois quarts de la fine porcelaine blanche, de manière à réduire tout risque de débordement inélégant.

— Je m'en souviens, maintenant, fit Crawford avec un claquement de doigts peu convaincant. Frank Shade, du bureau du DA… Vous êtes bien parents, tous les deux ?

— François est mon frère.

— Ceci explique cela. Vous êtes le boxeur.

— L'ex.

— C'est bien ça, dit Crawford. Comment aurais-je pu oublier… vous m'avez coûté cent dollars, une fois.

— Ah bon ? Je ne m'en souviens pas.

— Quand vous avez combattu ce Noir efflanqué à l'Armory… celui qui frappait comme King-Kong.

— Foster Broome.

— C'est ça. Foster Broome, de Trenton ou Los Angeles, un coin comme ça.

La révélation du maire quant à ses choix sportifs était sur le point de mettre sérieusement en péril l'opinion que

Shade s'était faite de sa perspicacité. Avait-il été assez stupide pour parier réellement sur lui, ou avait-il simplement manifesté sa confiance en un gars du pays ?

Shade sourit.

— C'est gentil, monsieur le maire. En dehors de Frogtown, ceux qui m'ont soutenu sont rares. Et c'était plus par orgueil local que par calcul.

— Oh, je ne voudrais pas vous induire en erreur, Shade. Je ne suis pas idiot. J'avais lâché cent dollars en pariant que vous ne tiendriez pas plus de trois rounds, et vous avez réussi à lutter jusqu'au… au cinquième, il me semble ?

— Au septième.

— Peu importe. Broome commençait à fatiguer.

Le maire rayonnait, comme si son mépris pour les gens comme Shade était une marque de mérite.

— Vous-même deviez être plutôt déçu de décrocher la chance de votre vie et ne tenir que sept rounds.

— Pas vraiment. J'ai tenu six rounds et demi de plus que ce qu'auraient fait la plupart des hommes.

— J'imagine. Ça sonne juste. Mais là encore, la plupart des hommes ne sont pas censés être des professionnels de ce genre de chose, si ?

— Non, monsieur, dit Shade. (Il se leva et posa sa tasse sur le comptoir à côté de lui.) Mais ils se comportent tous comme s'ils *pouvaient l'être* avec simplement plus de temps libre, et des tripes.

— Et bien sûr, le besoin névrotique.

— On dirait que nous parlons de politique, n'est-ce pas monsieur ?

— Quel est le problème, Shade, vous n'aimez pas les politiciens ?

— Bien sûr que si. Si jamais un jour j'ai un bâtard qui chie dans ma cuisine et refuse de rapporter, je l'appellerais Politicien.

Le capitaine Bauer se leva avec difficulté en respirant lourdement, l'air ennuyé.

— Je vais vous interrompre, messieurs, et vous demander de couper court.

Crawford leva une main pour l'arrêter.

— Karl, quand j'aurai besoin de votre aide, je vous le ferai savoir.

Crawford s'assit et leva sa tasse, ses yeux noirs se posant tranquillement sur Shade par-dessus le rebord. Lorsque la tasse regagna la soucoupe qui tenait en équilibre sur ses genoux, il poursuivit :

— Vous n'êtes qu'un pitoyable inspecteur et je suis le maire. Si nous faisions un concours de pisse en public, à qui iraient les faveurs des juges, selon vous ?

— Celui qui les nomme partirait avantagé, c'est vrai.

— Oh, allez, y a pas de quoi en faire un plat, dit Bauer. Bon, vous ne voyez pas les choses de la même façon dans l'immédiat, et alors ? On peut s'arranger. (Il pointa un doigt épais vers son subordonné :) Shade, gardez votre langue acérée pour vos réunions de famille, vous m'entendez ? Un cambriolage pourrait aussi bien expliquer l'affaire. Alors, quel mal y a-t-il à miser là-dessus ?

— Juste les gros titres.

— Et c'est si grave que ça ? demanda Crawford, soudain tout sourire.

Shade, qui savait reconnaître un bateau qui prend l'eau sous ses pieds, resta silencieux.

— Monsieur le maire, poursuivit Bauer, Shade et Blanchette feront leur boulot. Quand on aura une piste solide, on devra la suivre, mais pour l'instant celle d'un cambriolage me paraît aussi prometteuse qu'une autre.

— OK, dit Crawford en essuyant distraitement une poussière sur sa robe de chambre. OK. Ma seule préoccupation est d'éviter toute spéculation folle sur l'identité de qui aurait, ou n'aurait peut-être pas, de mobile à participer au meurtre d'Alvin. Le colportage de rumeurs infondées à la je-vais-presser-mon-trou-de-balle-et-imprimer-ce-qui-sort peut déchirer une ville. Cela peut engendrer un amoncellement de nuages noirs au-dessus des têtes de personnes innocentes, si vous voyez ce que je veux dire. Ce serait malveillant et complètement inutile.

Shade examina le visage de Crawford, analysant les imperceptibles modifications, les haussements de sourcils théâtraux et les éventuels signaux de main qui auraient pu révéler une once de sincérité, mais il ne décela rien. Il n'était ni surpris ni terriblement déçu que le maire se soucie en premier lieu de sa propre tranquillité. C'était compréhensible, et même rassurant. Il est plus facile de faire face à un professionnalisme douteux, qui brandit les étendards traditionnels du pouvoir, de la fortune et de la position sociale, qu'à un altruisme sincère mais inflammable, seulement en quête d'une victoire absolue ou d'un statut de martyr.

— Dans ce cas, pourquoi ne pas s'y mettre tout de suite ? dit Shade.

— Bonne idée, répliqua Bauer. Excellent.

Il agita mollement une main charnue dans la direction de l'épaule de Crawford, et la lui tapota avec compréhension :

— Il se débrouille comme un chef, sur le terrain, Gene. Non, vraiment. Si on nous appelle parce qu'un indépendant de Frogtown s'est attaqué à tel ou tel magasin d'alcool, le temps qu'une voiture de patrouille fasse le tour du pâté de maisons, Shade que voilà a déjà deviné le trajet du criminel et il l'attend, assis sur son perron.

La bouche de Crawford s'étira dans un demi-sourire sur la gauche et il redressa le menton.

— Un talent suspect pour un policier.

— Peut-être, mais bien pratique, répliqua Shade. Parfois suspect, mais toujours bien pratique.

— C'est bien vrai, confirma Bauer en hochant vigoureusement la tête.

La proximité séduisante de la porte semblait lui faire de l'œil, et Shade, après deux brefs signes de tête, la regagna à grandes enjambées et sortit. Il se retrouva sur la pelouse du petit matin, les brins d'herbe lissés par la rosée, l'air naturellement embaumé. Il glissa sur la pelouse mitoyenne en respirant à pleins poumons, usant de ses semelles comme des skis sur la pente mouillée qui menait à l'allée. Il réussit à conserver son équilibre jusqu'en bas, puis s'étendit sur le capot de la voiture.

Blanchette, assis, le regardait faire sans bouger d'un pouce.

Shade se surprit à se demander s'il ne serait pas plus heureux comme pilier du Catfish Bar. Un survivant du quartier avec son tabouret attitré et un cocktail à son nom, qui pourrait voir les gens qu'il connaît depuis toujours sans que des soupçons étranges se glissent entre eux. Son père passerait-il plus souvent, avec une bouteille d'Old Bushmills et sa queue de billard Balabushka dans son étui en cuir rigide, pour l'inviter à de débilitants mais pleins de vie week-ends d'évasion, s'il n'avait pas choisi son camp ?

Blanchette pencha la tête par la vitre de la voiture.

— Allez, René. Remue-toi le cul, hein ?

Une fois assis côté passager, Shade dit :

— How, tu t'es jamais demandé si, par hasard, on n'était pas soldats pour les mauvais seigneurs ?

La face pleine et impassible de Blanchette s'anima, puis sa lèvre inférieure vint couvrir la supérieure.

— Non, fit-il. Parce qu'on est de Frogtown et qu'on se laisse pas duper. On doit pas, en tout cas.

— Content de l'entendre.

— Ce que je veux dire, c'est qu'on n'était pas fait pour l'autre vie, tu sais ? Sinon on l'aurait déjà.

— J'espère que ça n'est pas la seule raison.

— Et en plus, on sait depuis qu'on est hauts comme trois pommes, que les trous-du-cul ne portent pas tous l'uniforme. Pas *tous*.

Shade grimaça, puis opina.

— De peur d'oublier ça, on devrait l'écrire.

4

La chaleur vénéneuse d'un été qui virait au sinistre s'abattit sur Voltaire Street aux aurores. Des volets décolorés par le soleil claquaient sur des fenêtres poussiéreuses, en même temps qu'étaient retournés les panonceaux FERMÉ et que des optimistes, en quête d'un peu de fraîcheur pour leur casse-croûte au thon, empilaient sous les comptoirs les sacs en papier brun qui contenaient leur déjeuner. Livreurs, clients, patrons, tous avaient reçu le message délivré par un soleil féroce, et ils ralentissaient l'allure afin d'amoindrir le châtiment qu'engendrait la moindre précipitation. L'été, le long du fleuve, était la mauvaise saison, l'air épais comme du sirop et le ciel, un brouillard bas qui prolongeait la torture.

À un étage de Voltaire Street, Jewel Cobb était assis sur le canapé et scrutait la rue par la fenêtre. Chacune de ses mains était glissée sous l'aisselle opposée, et il palpait les bosses qu'une étrange éruption avait provoquées. Chez lui, il aurait pensé au sumac mais, ici, il ne voyait vraiment pas d'où ça pouvait venir. Encore une raison de plus de ne pas aimer les villes, se disait Jewel. Dans ce ragoût humain, tout arrivait sur vous masqué : les gens portaient des costards-cravates et roulaient dans des voitures dotées d'énormes stéréos, mais ils n'étaient pas vraiment riches ; les femmes portaient des shorts dont le tissu ne descendait pas plus bas que le haut des fesses, et des T-shirts bustiers qui leur moulaient les seins, mais elles refusaient de suivre un type dans une allée sombre, même s'il leur montrait un portefeuille bourré de cash. La seule chose honnête avec les villes, c'est qu'elles semblaient peu amicales, et elles l'étaient.

S'habiller par cette chaleur était un artifice, aussi Jewel se pavanait-il dans la pièce dépourvu de vêtements. Suze dormait encore, la tête enfouie sous deux oreillers, ronflant dans la caverne qu'elle y creusait toujours pour abriter ses yeux.

Jewel but une tasse de café et se posta face au miroir monté sur la porte de la chambre. Mon reflet est déformé, nota-t-il finement. Il était plus épais que ce miroir ne le laissait voir. Plus trapu et musclé et beaucoup mieux de visage.

Son arme reposait à l'autre bout du canapé et Jewel s'en empara. C'était un fusil à pompe calibre 12 à canon court et crosse coupée. Duncan le lui avait donné la veille au soir, en le déposant devant chez lui.

Moi et ce truc, on va *le faire* aujourd'hui, pensa Jewel. Il se remit face au miroir. Dommage que j'aie pas d'appareil photo, un avec retardateur de soixante secondes. Il écarta les jambes, puis se pencha très légèrement en avant pour contracter ses cuisses, il rentra le ventre et agrippa le fusil de la main assez fort pour gonfler son biceps.

Ça serait drôlement *jouissif*, de se faire tuer par ce mec-là dans le miroir. Enfin, comparé à d'autres. Aucun doute là-dessus.

Mais les Nègres sont sournois et rusés, songea Jewel en reposant le fusil sur la commode, avec leurs flingues haut de gamme glissés dans leur ceinture, et des lames de rasoir au bout de leurs baskets. Faudra faire bien gaffe. Surveiller de près.

Mais sans se forcer, cousin.

Suze dormait dans un vieux maillot de foot rouge aux manches coupées. Sa peau était si pâle que Jewel trouvait dégoûtante la simple idée de poser les yeux dessus. Comme si elle ne sortait jamais, d'ailleurs le soleil ne l'effleurait pas une seconde quand elle travaillait, parce qu'elle ne bossait que dans des chambres pleines d'oreillers et tous rideaux tirés. C'était une fille de la campagne douée d'un unique talent, un talent qui supporte bien le voyage cependant, et qui est apprécié partout au monde.

Le lit s'affaissa quand Jewel s'assit au bord. Le corps de Suze était courbé comme un hameçon, et il laissa ses doigts voleter là où s'accrocherait le ver. De son autre main, il lui caressait les fesses.

Elle le chassa de la main, puis se retourna dans le lit.

Il réessaya.

L'oreiller s'envola du visage de Suze. Elle dressa la moitié supérieure de son corps et, appuyée sur ses coudes, le regarda en clignant des yeux.

— J'essaye de dormir, Jewel.

— J'essayais juste de te réveiller en douceur, c'est tout.

— Ce qui serait doux, ça serait de pouvoir dormir.

— Y a douceur *et* douceur, fit Jewel. En tout cas, tout à l'heure, je serai occupé. Je serai pas à la maison.

Il tenta de forcer le passage et d'insérer le bout de ses doigts en elle, mais c'était comme de tirer sur du caoutchouc et il n'était même pas sûr d'être sur la bonne voie. Elle lui ôta la main.

— Tu me fais mal.

Jewel se sentit penaud, puis tout de même assez mécontent de devoir s'excuser d'avoir voulu coucher avec sa propre petite amie. C'était une chose établie, pourtant, qu'on a droit à *ça* dès qu'on en a envie.

— On l'a pas fait la nuit dernière, dit-il.

— T'étais trop bourré.

— Et hier, il faisait trop chaud.

Suze se frotta les yeux et bâilla, puis elle se laissa retomber en arrière sur le lit :

— Oh, mon chou, dit-elle. Tes cheveux, ça va pas.

— J'arrive pas à trouver mon peigne… c'est toi qui l'as ?

— Viens là, chéri, dit-elle.

Elle prit sa tête dans ses bras. Il s'abandonna à son étreinte.

Et, les instructions de Duncan lui revinrent en tête.

Alors, écoute-moi bien. T'attends à l'entrée de l'allée, avec le flingue posé dans la poubelle, c'est clair, cousin ? Ensuite, tout ce que t'as à faire, c'est ça, c'est pas grand-chose.

Puis il se souvint de l'existence de Suze et se pencha sur sa nuque.

— T'es vraiment comme le coq, hein, mon chou ? Rien que de voir le soleil se lever, faut que tu l'imites. Pas vrai, mon cœur ?

Bon, alors, c'est un grand Négro avec le pied droit esquinté. Tu verras, il boitera.

— Ouais. La moindre fente de lumière, et j'y vais. Dès que l'aube se pointe, je pointe avec.

Mais, quelque part, la tête de Jewel n'était pas à ce que faisait son corps, et tout ne fonctionnait pas correctement.

— Je sais de quoi t'as envie, dit Suze.

Elle se redressa et, assise, le repoussa en arrière, puis elle s'accroupit devant lui et le prit dans sa bouche.

Le mec est bien habillé, tu verras, avec des grandes cravates rouges et des épingles en diamant, et il conduit une LTD marron, avec plein de gadgets afros qui pendent de partout. Tu peux pas le rater. Le cinéma est à lui, et il se pointe à cinq heures. Tous les jours.

— Mon cœur ?

Jewel sursauta et baissa les yeux sur Suze.

— Mon cœur, qu'est-ce qui t'arrive ?

— Rien.

— À d'autres. Je te connais et ça te ressemble pas du tout.

Elle gloussa.

Il te connaît pas. Aucun d'eux ne te connaît. T'attends qu'il sorte de la voiture et tu prends le flingue. Il va probablement même pas te regarder. Et s'il le fait, de toute façon il t'a jamais vu avant.

— Je crois que je vais aller me chercher un morceau, fit Jewel en s'extirpant du lit.

— Quoi ? Quoi ? (La mâchoire de Suze s'affaissa et son visage se tordit de manière déplaisante.) Ah non, mon pote, pas maintenant ! Sûrement pas !

— Ferme ta gueule.

— C'est pas juste, dit-elle. J'étais en train de dormir. Quand t'as commencé à m'allumer, je dormais. Maintenant que tu m'as excitée, je vais plus arriver à me rendormir.

Suze balança les jambes hors du lit et se mit à poursuivre Jewel, qui rassemblait ses vêtements :

— T'iras nulle part en me laissant comme ça.

Il passera devant l'allée, et toi tu seras bien planqué. La détonation risque de secouer un peu les gens. Ils vont se mettre à courir dans tous les sens, alors tu te rapproches et tu lui fais sauter la tête pour de bon. Faut qu'on soit sûrs de notre coup.

— Je suis pas d'humeur, dit Jewel. Faudrait que je sois un peu plus d'attaque.

— Je-wel ! Merde, quoi... tu m'as réveillée.

— Retournes-y ! C'est tout ce que t'as à faire de toute façon.

— Eh ben, dit Suze, dont les épaules s'affaissèrent en signe de reddition. Quand même, Jewel, bon sang...

Elle décrocha ses vêtements qui pendaient au montant du lit et se dirigea vers la salle de bains, claquant la porte histoire de ponctuer sa dernière phrase.

Réalisant d'un coup qu'il n'avait pas plus envie de nourriture qu'il n'avait eu envie de Suze, Jewel jeta au sol jean et chemise et se vautra sur le canapé. Il tira sa guitare de sous la haute banquette et se mit à gratter une version approximative de *Mama Tried*. Tout en jouant, il contemplait le trottoir d'en face, une rue qui fourmillait d'inconnus vaquant à leurs affaires, une rue qu'il n'aimait pas. Des putains de sales Froggies, de toute façon.

Si tu gardes ton calme, ça va être du gâteau.

Jewel se dressa d'un bond, puis balança la guitare à travers la chambre ; la corde du *mi* claqua en heurtant le rebord de la commode. Il mit sa tête dans ses mains et grogna.

Et tu sauras garder ton calme, hein, cousin ?

5

PETE Ledoux était assis sur le capot de sa Pinto noire, à l'ombre de la rangée d'arbres qui faisait le tour du parking tapissé de graviers du Catfish Bar. Il grattait du bout de ses clefs les éclaboussures de guano sur sa voiture, manifestement laissées par un oiseau rare qui chiait du ciment et semblait le suivre partout. De temps en temps, il jetait un coup d'œil vers Lafitte Street à l'autre bout du parking, encrassé par des nuages de poussière et que la chaleur faisait miroiter. Il attendait Steve Roque, ce qui signifiait qu'il n'avait pas le droit de s'impatienter et de partir. Roque avait dit d'attendre et Ledoux ne pouvait pas faire autrement.

Sur ce tronçon de Lafitte Street, le trottoir était, même avant midi, envahi de pêcheurs en bottes de caoutchouc armés de leurs cannes à lancer filant vers leur bourbier favori où une souche bien au sec surplombait un trou foisonnant de poissons-chats, de femmes extralarges avec un excédent de cou serrant contre elles leurs sacs de provisions, et de frimeurs avec des lunettes de soleil Foster

Grant se saluant de petits coups de menton secs. Ledoux les observait comme si le Frogtown qu'il avait toujours connu était sur le point de disparaître. La région n'avait jamais été totalement française depuis que Lewis et Clark avaient débarqué avant leur fameux voyage. Et même à l'époque de la naissance de Ledoux, le nombre de Froggies n'était pas plus élevé que celui des voyous allemands, des arrivistes irlandais, et de toute une lie de péquenauds. Mais c'était le tout récent afflux de *wetbacks** qui le dérangeait. Ces gens empuantissaient la rue d'odeurs de piments et de haricots calcinés et ils ne comprenaient pas qui était le chef. Si les natifs de Frogtown ne s'arrachaient pas de la douce torpeur dans laquelle ils s'étaient assoupis, ils se réveilleraient un jour ou l'autre en train d'habiter boulevard Pancho Villa. Il en était persuadé.

Lorsque Roque arriva, il était à pied. Il se tint à l'angle de l'immeuble du bar et fit un signe de la main à Ledoux. Ledoux traversa le parking et le rejoignit sous la grosse enseigne avec un poisson-chat bleu qui se balançait au-dessus de la porte.

Un garçon bondissant à la démarche assurée descendait le trottoir. Il était bronzé par le soleil de l'été et arborait un T-shirt latino taché de café, un pantalon de ville et des chaussures cirées, ferrées des plaques en fer à cheval de rigueur qui faisaient jaillir des étincelles à chacun de ses pas, comme s'il aiguisait ses lames à la meule perpétuelle de la rue. Arrivé au niveau des deux hommes, il choisit Ledoux pour planter son regard dans le sien.

* Nom péjoratif donné aux immigrés clandestins d'origine mexicaine (censément supposés avoir traversé le Rio Grande à la nage, d'où ce surnom de "dos mouillé").

Ledoux le lui retourna, tranquille et méprisant.

Le môme haussa les épaules et regarda ailleurs, avant de revenir à la charge.

— Hé, voyou, fit Ledoux sèchement, j'ai pas envie qu'on soit potes. Passe ton chemin.

— Va te faire foutre, dit le môme, puis il regarda par-dessus son épaule.

Ledoux se pencha vers lui et le gosse recula vivement de quelques pas, avant de reprendre une allure normale quand il constata qu'on ne le poursuivait pas sérieusement.

— Je crois pas que je peux tolérer cette attitude, fit Ledoux.

— On devrait pas avoir à le faire, dit Roque. Enfin, selon moi.

Steven Roque était taillé dans le style des Français du coin : environ un mètre soixante-quinze, l'ossature épaisse, tendue de quatre-vingt-dix kilos de muscles, sans prétention, mais bien utiles. Un si grand nombre de gars de Frogtown présentaient ce type de silhouette qu'on les disait "de type froggy". Mais Roque se démarquait du stéréotype par sa calvitie et par les touffes de rares et longs poils gris de ses rouflaquettes. Il portait un polo noir, un pantalon blanc et des chaussures blanches.

Roque désigna brutalement la porte du pouce.

— J'ai entendu parler d'un endroit *peinard* en ville. Il se pourrait que ce soit là.

Froggy Russ Poncelet, le barman de jour, ami de tout le monde et ennemi de personne, était occupé derrière le bar à faire glisser des canettes de bière dans les glacières basses. Il leva les yeux quand Roque et Ledoux entrèrent.

— Tip est à l'arrière, dit-il.

— Un bosseur, ce Tip, rétorqua Roque.

— Que dites-vous de cette chaleur ? demanda Poncelet.

— Pas grand-chose. J'te l'échange contre un cheeseburger.

Ils prirent une table dans le fond, loin des autres clients. Le Catfish attirait une clientèle substantielle le midi, mais il était encore trop tôt pour que les légitimement affamés se pointent, aussi les quelques tables occupées l'étaient-elles par des jeunes hommes sans emploi mais aux allures d'entrepreneurs, ainsi que par l'habituelle et diurne assemblée des soiffards flegmatiques.

Roque ôta la bague d'un mince cigare et l'alluma. Tout en inhalant la fumée, il examina la pièce et reçut des saluts de deux tables. Aucune familiarité dans ces signes de la main, mais une reconnaissance respectueuse de sa présence. Il acquiesça en retour.

Moins détendu que Roque, Ledoux passa un temps considérablement plus long à inspecter la clientèle avant de se courber en avant pour dire :

— J'ai lu les journaux de ce matin. Dis donc, ils sont complètement paumés.

— Forcément, fit Roque. À quoi tu t'attendais ? (Ses yeux marron n'étaient pas froids, mais pétillaient de méchanceté et d'assurance.) Ils finiront peut-être par débrouiller le truc, mais pas assez vite pour que ça change grand-chose. À condition que *tu* joues *ta* partie comme il faut.

Poncelet s'approcha de leur table, s'essuyant les mains sur la partie de son T-shirt blanc qui n'était pas enfoncée dans son pantalon.

— Qu'est-ce que ça sera, les gars ? Un coup à boire, ou à bouffer ?

— Et pourquoi pas de la clim ? demanda Roque.

Et pour souligner du geste l'urgence de sa requête, il se passa un doigt sur le front et secoua la sueur sur le parquet.

— On n'a pas ça en magasin, dit Poncelet.

— Et combien il refile à l'inspecteur des bâtiments, Tippy ? Parce que c'est dangereux cette chaleur.

— Vous pensez *vraiment* m'apprendre quelque chose ?

Roque grogna.

— Je suppose que non. T'as faim ? demanda-t-il à Ledoux.

— Non. Juste une Stag dans un verre.

— *Merci**, dit Poncelet. Et toi, Steve ?

— Je mange, moi, fit Roque. Apporte-moi un grand verre d'eau glacée et du ragoût de poulet.

— Du *coq au vin**, tu veux dire ?

— C'est ça. Un ragoût de poulet à la snob. Tu parles comme ma grand-mère.

— J'lui ressemble, aussi, dit Poncelet en retournant derrière son bar.

— C'est un petit malin, dit Roque.

— Ouais, mais pas désagréable.

— Comme la plupart, jusqu'à un certain point.

Les deux hommes se turent jusqu'au retour de Poncelet, qui apporta la commande puis les laissa.

— Alors, dit Ledoux, Crane a assuré, hein ? Je pensais pas. Je croyais pas qu'il pourrait.

— Il a bien fallu, dit Roque. Ça s'est pas fait tout seul. J'ai dû citer une ou deux fois les noms de Tony Duquette et de Ding-Ding Stengel. J'ai dû lui rappeler Curly Boone, et comment sa baraque a flambé, avec lui dedans, quand il n'a pas pu payer. Et il me devait moins que *toi*, j'ai dit à Crane.

— Et Teejay Crane est un Négro, par-dessus le marché. Au moins, Boone était blanc.

Roque grogna, puis secoua la tête.

— Ça veut rien dire.

Roque pêcha avec sa cuillère un morceau de poulet, puis il le prit entre les doigts et suça la viande directement sur l'os.

— Tout ce qui compte, c'est de payer ses dettes.

Ledoux fronça les sourcils et détourna le regard. Il ne pouvait pas croire ce que disait Roque, que les Blancs et les Noirs, c'était du pareil au même.

— Pourquoi t'as ramené Duquette et Stengel là-dedans ? Je m'occupe pas des affaires assez bien pour toi ?

— Bien sûr que si. Je crois. C'est ce que t'arrêtes pas de me dire, en tout cas. Mais ça aurait servi à rien de parler à Crane d'un gars comme *toi*, parce qu'il était nerveux et pas si bête que ça, tu comprends ? Je pense qu'il voyait à quel point il deviendrait un poids, une fois qu'il aurait fait faire le grand tour de piste à Rankin. (Roque hocha la tête, puis sirota un peu d'eau glacée.) Je crois qu'il l'a déjà fait une fois.

Après avoir vidé la moitié de son verre de Stag, Ledoux se mit à se caresser pensivement le menton.

— C'est sympa, dit-il. La façon dont tout ça se combine à merveille, c'est sympa. Crane pense que son trafic de films pornos est de nouveau sur les rails, et qu'il n'a plus de souci à se faire pour ses gosses et tout. Je te parie que ça lui bouffait la vie, d'avoir toujours à se demander quelle porte de placard allait soudain s'ouvrir devant son nez, bondé de Froggies malintentionnés.

— T'as peut-être raison, dit Roque. Il savait qu'il était visé. Si Rankin n'avait pas commencé à se dire qu'il pouvait me la mettre à l'envers, comme il a fait, Crane aurait déjà nagé jusqu'à La Nouvelle-Orléans. Mais moi, je prévois toujours très loin dans l'avenir.

Ledoux, frétillant du plaisir de comploter, sourit sereinement.

— Tu sais, si jamais Sundown Phillips découvrait que son bras droit s'est fait crever par Crane, alors Crane connaîtrait une mort assez dégueulasse, *mon ami**. Bien pire que celle que nous lui réservons.

Roque rigola, un fracas d'acier sur du ciment.

— C'est sûrement d'avoir fréquenté l'école paroissiale qui nous a rendus si prévenants.

— J'ai toujours été dans le public.

— Ben moi aussi. Depuis mes huit ans.

Son bol de ragoût n'était pas vide, mais Roque le repoussa jusqu'au milieu de la table. Ledoux, dont la bière gargouillait dans son estomac vide, se mit à considérer les restes, un quartier d'oignon et un morceau de poulet.

— Ouais, fit Roque. Si Rankin avait pas eu la pas si brillante idée de nous faire recaler par sa Commission, là, la Commission des adjudications, pour nous remplacer par ses gars à lui, les Constructions Phillips, eh ben, la paix publique aurait sûrement été bien moins perturbée.

— Ça arrive tout le temps. Un type a besoin de toi, alors tu lui files un coup de main, et puis il a tout d'un coup beaucoup moins besoin de toi, *mon ami**, parce que tu l'as *tellement* aidé, et là, tu peux aller te faire foutre. (Ledoux secoua la tête, en songeant à la nature décevante des relations humaines.) Vous vous enrichissiez l'un l'autre, mais il lui en fallait encore plus… j'ai pas raison ?

— Eh bien, il n'y a pas que ça. (Roque leva ses puissantes épaules en tournant ses paumes vers le ciel.) Et d'une, j'ai vraiment envie d'être celui qui construira la salle de concert. Pourquoi, c'est pas tes oignons, mais c'est comme ça. Et de deux, je ne pense pas qu'à long terme Phillips en aurait fait autant pour lui que moi, mais ça, il a jamais voulu s'en rendre compte.

— Là, t'es drôlement dans le vrai, fit Ledoux avant d'aller cueillir le quartier d'oignon et le morceau de poulet dans le bol.

La main de Roque bondit et agrippa Ledoux par son poignet :

— Repose ça ! fit-il.

— Quoi ?

— Repose ça ! T'es sourd ou quoi ?

Roque se mit à secouer la main coupable jusqu'à ce que la nourriture s'écrase dans le bol.

Ledoux essuya sur une serviette sa main libérée.

— C'est quoi le problème, putain ? demanda-t-il.

— Tu prends pas ma bouffe, c'est tout. C'est *ma* bouffe. Si j'avais voulu que tu la prennes, je t'aurais dit de la prendre.

— T'avais terminé.

Roque se pencha en avant, repoussant la table sur Ledoux.

— T'as faim, Pete ? T'as dit que t'avais pas faim, mais si t'as faim, je te commande un bol de ragoût et tu pourras te l'avaler avec ta propre cuillère et tout.

Ledoux prit une gorgée de bière et secoua la tête.

— Depuis que je suis tout petit, dit Roque, je ne supporte pas ça. Que les gens picorent dans *mon* plat. Je déteste ça.

— C'était juste pour que ça se perde pas. Je voyais pas l'intérêt de gâcher, alors que j'avais une petite faim.

— Si j'ai envie de gâcher, je gâche. C'est à moi.

— Laisse tomber, dit Ledoux.

Il ne savait plus où regarder, ni sur quoi porter les yeux. Il termina sa bière et se leva.

— Je ferais mieux d'aller mettre en marche le péquenaud et son cousin.

— Fais pas la gueule, Pete. Si t'as faim… bouffe. C'est moi qui paye.

— Mais j'ai pas faim, bordel !

Tandis qu'il dévisageait les traits durs de Roque, Ledoux perçut des bruits de pas dans son dos. Il sentit une main lui taper l'épaule.

— Ça roule, Pete ? lui demanda Tip Shade.

— Impec.

— T'as des problèmes d'hémorroïdes ou t'allais partir ?

Tip s'installa à la table et fit un signe de tête à Roque.

— Il arrive pas à décider s'il va bouffer ou non, dit Roque.

— Non, je bouffe pas. (Ledoux fit frétiller sa main à la hauteur de sa braguette.) J'vais aller verser une larme sur l'Irlande, voilà ce que j'vais faire. Et ensuite, j'ai à faire.

— À la bonne heure, dit Roque.

— Qu'est-ce que c'est que ces histoires d'aller pisser sur l'Irlande, s'enquit Thomas Patrick Shade, homme à la triple origine culturelle qui nourrissait pour les deux patries qu'il n'avait jamais vues un chauvinisme agressif.

— C'est juste une façon de parler, dit Ledoux.

Des têtes se mirent à hocher à la ronde et Ledoux sourit :

— D'ailleurs, tu te fous de la gueule de qui ? T'es un Froggy.

— Quand ça me chante, dit Tip. En mars, je suis irlandais.

Ledoux s'éloigna et, tandis qu'il approchait des chiottes, il entendit Tip demander :

— Dis, Steve, t'as vu pour le père Rankin ? Ça va secouer le Pan Fry, non ?

— Y a des chances, dit Roque. Mais tant qu'ils s'entretuent, qui ça gêne ? Pas toi, pas moi. C'est la question que je pose : qui ça va contrarier ?

6

Au cœur de Frogtown, ou de la Vieille Ville française, comme la désignent les plaques historiques, les rues étaient d'un pavé orange foncé, et les rangées de maisons de briques construites de telle sorte que leur porte d'entrée donnait directement sur la route au lieu du trottoir. On y voyait des enseignes peintes à la main qui indiquaient : LES CHAUSSURES DE PIERRE : NEUF ET OCCASION ; JACQUELINE : HERBES ET ÉPICES ; et au coin où se rejoignaient les deux rangées de maisons de Lafitte et de Perry, LA SALLE DE BILLARD DE MA BLANQUI.

Le rez-de-chaussée de la maison abritait deux tables de billard dans ce qui avait autrefois été le petit salon, et une dans l'ancienne salle à manger. Au fond, on trouvait une petite cuisine, une chambre à coucher et un grand cagibi sans porte. Monique Blanqui Shade se tenait dans ce cagibi, assise sur un haut tabouret d'où elle pouvait garder l'œil sur les tables. Une très grosse glacière Dr Pepper servait de comptoir, ainsi que de réserves pour les consommations qu'elle vendait.

À l'étage se trouvait un appartement indépendant, même si la porte qui le reliait au sous-sol n'était pas pourvue de serrure. Ça n'avait jamais posé de problème, parce que René Shade occupait cet étage. Il vivait là en partie parce qu'il croyait, en dépit des nombreuses preuves contraires, que sa mère pouvait avoir besoin de sa protection dans ce quartier, mais avant tout parce que c'était bon marché.

Le matin qui suivit sa rencontre avec le maire Crawford, Shade s'éveilla un peu avant midi, mais il n'arrivait pas à s'extirper du lit. L'appartement était sombre et il parcourut la pièce des yeux, étant trop familier de l'endroit pour s'arrêter sur la poignée de trophées sur la bibliothèque, les reproductions de Bruegel au mur et les vêtements qui traînaient sur le sol. Il se retrouva à fixer un pigeon qui roucoulait sur le rebord de la fenêtre – rebord fort prisé des volatiles – et qu'il ne pouvait pas faire taire par commande vocale. Il envisagea de lancer un objet qui ferait vibrer la fenêtre et paniquer l'oiseau, puis résolut de se dispenser d'un test d'aptitude au tir sur cible si tôt le matin.

Il s'enfouit la tête sous un oreiller et essaya de se rendormir.

Un peu plus tard, alors qu'il dérivait dans cet état inerte mais lucide, où le subconscient divague tandis que le conscient écoute, Shade réalisa que des bourgeons humides lui surgissaient du corps. Des tulipes dépliaient leurs moites pétales sur sa nuque, sur son ventre, puis sur un terrain où de tendres fleurettes ne survivent qu'au milieu des plus intenses périls. Sa main se mit à longer les plates-bandes de cette horticulture mouillée, pour finalement cueillir un bouton tout juste planté, mais qui commençait à s'ouvrir.

— Tu m'as eue, fit une voix au timbre d'un saxophone de blues.

Shade s'assit lentement, quelques mèches de Nicole Webb toujours enroulées autour de ses doigts.

— On en est à quel round ? demanda-t-il.

Nicole noua ses bras autour du cou de Shade.

— Au premier, dit-elle. Et c'est toi qui mènes.

— Une minute.

Shade roula hors du lit et marcha gauchement jusqu'à la salle de bains. Penché sur le lavabo, il s'arrosa le visage d'eau, puis il glissa la tête sous le robinet et irrigua le champ de patates qu'était devenue sa bouche.

Nicole – un sacré coup de chance pour tout célibataire autour de la trentaine, dans la mesure où elle jouissait de sa maturité sans prudence excessive et savait se montrer confiante sans aller jusqu'à perdre les pédales – était adossée au chambranle de la porte.

— Tu ne portes pas le slip que je t'ai offert, fit-elle remarquer. Apparemment, il ne te plaît pas.

Shade se frottait le visage d'une serviette.

— Tu vois une plage ? demanda-t-il. Où est passé le sable ?

— C'est un slip bikini, dit Nicole. Ça veut juste dire que c'est un sous-vêtement sexy.

— Je croyais que se balader à poil, c'était sexy, moi.

— Mettons. Mais on est sexy par étapes.

Nicole portait un short en jean coupé qui s'effilochait élégamment aux coutures, et un T-shirt noir qui faisait de la réclame pour le café Sister Kettle. Le squash et un peu d'entraînement destiné à lui faire garder la ligne avaient conféré à ses bras un séduisant maintien et un aimable tonus musculaire. Ses cheveux noirs, qui offraient des reflets auburn quand elle se montrait dans la lumière, étaient noués en chignon. Elle avait la taille fine, des seins doués d'une indéniable présence, mais sans surabondance, le tout monté sur une longueur de jambes à proprement parler extravagante.

Shade balança la serviette dans la baignoire, puis il enlaça Nicole et chuchota :

— J'ai un truc à te montrer.

Ils se dirigèrent vers le lit, leurs démonstrations réciproques d'affection les contraignant à des enjambées maladroites.

— J'espère que c'est quelque chose que j'ai déjà vu, dit Nicole.

Pendant que le soleil s'évertuait à gâcher la journée en augmentant la chaleur, Nicole, elle, faisait du bout des doigts l'inventaire des diverses imperfections du corps de Shade. Il y avait de minuscules égratignures pâles au-dessus de ses deux yeux, vestiges de son précédent gagne-pain, et une longue cicatrice sous son menton, causée par la combinaison d'une bicyclette trop grande, d'un petit garçon et d'une colline à la pente trop raide. Derrière son épaule droite, on palpait comme une espèce de fer à cheval en relief, accroché là par la mère poule d'un dealer arrêté par Shade et l'extrémité vengeresse d'un tesson de bouteille de Ketchup.

Shade leva les yeux sur Nicole, puis roula vers elle.

— Comment es-tu entrée, au fait ?

— Par en bas.

— Oh.

Shade se leva et se mit à rassembler ses vêtements.

— Ma t'a laissée monter, ou tu t'es faufilée jusqu'ici ?

— On a pris un café, et je suis montée.

— Elle n'a jamais laissé personne monter ces marches. Le premier qui essaye, elle lui tape dessus.

— Elle m'aime bien, dit Nicole avec un sourire. Et je n'ai pas la clef de l'autre porte.

Son pantalon enfilé, Shade alla au réfrigérateur et en sortit une canette de jus de fruits. Il fit sauter l'opercule, but, puis s'essuya la bouche.

— Ça devrait te mettre la puce à l'oreille, dit-il.

— Qu'est-ce qui devrait me mettre la puce à l'oreille ?

— Que tu n'aies pas la clef de l'autre porte.

Avec un grognement, Nicole se détourna de Shade, un petit sourire narquois adressé au mur du fond.

Shade poursuivit :

— Tu ne l'as pas parce que je ne te l'ai jamais donnée. Tu n'as pas appelé, ni rien, avant de venir, tu as juste débarqué. C'est exactement pour ça que je ne donne pas de clef.

— Oh, oh, fit Nicole.

Elle enfila son short puis remit son T-shirt dans le bon sens, en tournant le dos pour échapper au regard de Shade.

— J'ai été présomptueuse. Il y a des foules dehors qui réclament les clefs de ta porte, et voilà que je déjoue ton plan en poussant une porte qui ne ferme même pas à clef.

— Tu ne peux pas entrer ici comme dans un moulin, Nicole.

Nicole passa son T-shirt, puis redressa la tête, un sourire sarcastique aux lèvres.

— Ton intimité te tenait beaucoup moins à cœur il y a une heure. T'aurais dû me virer tout de suite.

Courbé pour lacer ses chaussures, Shade dit :

— Je devais être encore dans les vapes.

Nicole rit, mais ce n'était pas le rire le plus doux de son répertoire.

— Tu aurais pu me le dire avant de me baiser.

— Avant que *je* te baise ? Avant que *nous* baisions, tu veux dire ?

— Voilà un concept bien moderne pour toi, René.

Toute animation s'évanouit du visage de Shade pour faire place à une expression d'une triste vulgarité.

— Ouais, fit-il. Et je sais aussi me servir d'un téléphone, brancher un grille-pain, reconnaître un avion, tout un tas de trucs de ce genre.

La tournure sentimentale que prenait leur querelle tira un sourire perplexe à Nicole, qui secouait la tête en tentant de localiser sa culotte furieusement balancée un peu plus tôt, alors que l'intimité était un souci de second plan.

Dans la petite cuisine, Shade alluma le gaz sous une bouilloire d'eau, puis glissa un filtre dans la cafetière et y versa une bonne dose de café moulu. Il posa deux tasses sur le comptoir, puis se tourna vers Nicole.

— C'est complètement stupide, dit-il. Je m'en fous complètement en fait. Je ne sais pas ce qui m'a pris de t'engueuler. Une mauvaise habitude, j'imagine.

Nicole ne répondit pas. Elle venait de repérer sa culotte rouge roulée en boule sur l'étagère du haut de la bibliothèque.

— T'en veux une, de clef ? demanda Shade. Si tu la veux, tu l'as. De toute façon, à part toi, je baise personne.

— Tu *baises personne* ? demanda Nicole, sa culotte à la main. C'est donc ça que tu me fais ? Tu me *baises* ? C'est ça que tu dis aux gens ?

— Eh merde, fit Shade. (Toute son attention se concentrait sur l'eau de la bouilloire.) C'est juste une façon de dire. Pas la bonne, peut-être.

— *Peut-être ?*

Nicole attrapa sa culotte et la fourra en boule dans la poche de son short en jean. Elle se dirigea vers la porte de derrière et l'ouvrit. De l'autre côté des rails, le fleuve tourbillonnait, offrant un arrière-plan idéal à sa posture tragique dans l'encadrement de la porte.

— Il y a deux trois trucs sur lesquels tu dois méditer, dit-elle. Et moi aussi.

— Si tu veux une clef, t'en auras une.

— René, dit-elle, imprimant à sa voix un ton de sévère réprimande. Il ne s'agit pas de ça. Ce n'est pas une question de clef.

— Oh, d'accord, dit Shade.

Il souleva la bouilloire d'eau à présent frémissante qu'il versa dans le filtre de la cafetière :

— Je ferai faire un double chez le quincaillier et je te le déposerai dans ta boîte aux lettres.

Nicole haussa les épaules, les yeux baissés, puis les releva.

— Si t'en as vraiment envie, dit-elle.

— J'insiste.

Là-dessus, elle se faufila à l'intérieur et referma soigneusement la porte derrière elle.

— Aujourd'hui ?

7

Jewel Cobb échafaudait depuis longtemps des scénarios de meurtres dans ses rêveries nocturnes, mais lorsqu'il fut prêt à passer à la vitesse supérieure dans son univers fantasmé, il se retrouva plongé dans une scène pas tout à fait nocturne, où le soleil roulait encore son œil soupçonneux et où, cinq heures approchant, les trottoirs s'emplissaient d'une vie trépidante.

Il semait des chips sur le sol, rôdant à l'entrée d'une ruelle qui s'ouvrait entre les deux étages de briques noires de suie d'un entrepôt, et le bâtiment à un étage du cinéma jadis florissant de Teejay Crane. Sa main semblait danser sur un fil tendu entre le paquet de chips et sa bouche. Il y avait des tessons de verre sur l'asphalte qu'il chassa du bout de ses chaussures jusqu'à ce qu'ils craquent et disparaissent. Une bouteille de bière Falstaff reposait à ses pieds dans un sac de papier brun, et il se baissait de temps en temps pour boire un coup.

Le fusil était dans la deuxième des quatre poubelles rangées à côté de la sortie de secours du cinéma. Il l'avait transporté dans un sac de papier, démonté en deux – canon et crosse avaient chacun été raccourcis à la scie à métaux. Il s'était penché en titubant sur la poubelle, comme un ivrogne en train de gerber, pour remonter le fusil, le charger, puis le glisser le long de la paroi, à portée de main, en prenant bien soin de ne pas obstruer le canon.

Les instructions que lui avaient données Duncan et Ledoux ne cessaient de passer et de repasser dans sa tête. Dans l'allée, attendre, le frapper, balle dans la tête, laisser tomber l'engin puis redescendre la 7e Rue en marchant, tourner à gauche, et là, les renforts attendraient dans la voiture. Jewel savait bien tout par cœur, mais ça ne suffisait pas à regonfler son assurance.

Plus de chips. Il donna un coup pied dans le paquet vide, puis s'accroupit à côté de la Falstaff.

Il était à moins de sept mètres de la 7e Rue, mais personne n'avait l'air de faire très attention à lui. Il se fondait dans le décor, juste un paumé de plus, quoique peut-être un peu plus jeune et plutôt bien fringué. Lorsqu'il croisait par hasard un regard, il baissait la tête et la secouait, comme pour se débarrasser d'un de ces célèbres compagnons roses et pachydermiques du buveur qu'en général personne à part l'ivrogne ne voit.

Il pouvait lire l'heure à la pendule qui trônait dans la vitrine de chez Shevlin, À LA BONNE AFFAIRE – PRÊTS SUR GAGES EN TOUS GENRES, de l'autre côté de la rue. Crane était, paraît-il, aussi ponctuel que la misère, Jewel pourrait s'en assurer dans les cinq minutes à venir.

Tout ce qu'il pouvait faire, c'était attendre et regarder. Il n'aimait pas le coin. Ça lui rappelait trop toutes les baraques délabrées et croulantes qu'il avait pu habiter, mais qui auraient été rassemblées et entassées pour en faire une ville.

L'enseigne du cinéma annonçait que *Ça glisse au Pays des Merveilles* était EN COURS DE PROJECTION. Jewel se demanda ce que les villes pouvaient bien faire aux gens, ce qui les poussait à dépenser leur argent pour aller regarder des inconnus prendre du bon temps.

À presque cinq heures tapantes, un ivrogne au crâne chauve ravagé par ce qui semblait bien être des marques de lacération, vêtu de fringues en état de fermentation avancée et ganté de blanc, s'extirpa du troupeau qui déambulait sur la 7e Rue et entra dans la ruelle. Il portait un gros sac en plastique, qui contenait à l'évidence une bouteille de près de quatre litres.

Jewel baissa les yeux en fronçant le nez de dégoût lorsque l'ivrogne passa. Il les releva juste à temps pour voir le nouveau venu s'approcher des poubelles.

— Dégage de là, dit Jewel d'une voix impassible avant de bondir. Hé ! Toi ! Dégage !

L'ivrogne le dévisagea d'un œil ensommeillé.

— Va piquer ta bouffe ailleurs, dit Jewel. Trouve-toi tes propres poubelles.

— Mais *c'est* les miennes, fit le clochard avec la voix d'un garçon timide qui se fait embêter par sa maîtresse. C'est les miennes depuis que Wally le Porc s'est tiré. Donc elles sont à moi. Ça remonte à, voyons voir, quand ces mecs sont allés marcher sur la Lune. À peu près à ce moment-là. Je parie qu'ils en ont tiré de l'argent. C'était l'endroit plus propre du monde avant qu'ils aillent faire ça.

Après avoir jeté un coup d'œil vers la rue et constaté l'absence de Teejay Crane dans sa LTD marron, Jewel fit :

— Ça l'est peut-être encore. Tout ça, ça fait un bail, en tout cas.

— Wally le Porc est resté encore après, et puis il est mort. Il s'est pas tiré, comme j'ai dit. Il est mort.

— Je te les rends demain.

— J'en sais pas beaucoup plus, tu vois. Mon petit doigt me dit que c'est son cœur qui a lâché. Tous ces mégots qu'il ramassait.

Le clochard pinça deux de ses doigts gantés à la hauteur de sa gorge et déglutit, puis il commença à marcher à reculons.

— Il s'imaginait que c'était son jour de chance, quand il tombait dessus, et ça l'était un peu, jusqu'à ce que ça le crève. (Il pila et fit un clin d'œil à Jewel.) J'ai même entendu dire qu'il s'était fumé un demi-havane qu'avait balancé un Chinetoque… enfin quand même, tout le monde sait que *ça*, ça peut que vous rendre malade.

Jewel jeta un coup d'œil dans la ruelle, puis de nouveau vers la rue.

— Si je l'ai pas prévenu autant de fois que j'ai chié…, certifia le clochard.

— Bien sûr, dit Jewel. Même moi, j'sais ça depuis que je suis tout petit.

— Ouais, fit le clochard avec un hochement de tête. C'est même ce que j'ai raconté aux flics.

— T'as quoi ? gueula Jewel.

Il fit un pas vers le clochard, l'attrapa par les épaules et le fit virevolter, avant de lui botter le cul :

— Espèce de vieille balance, casse-toi d'ici !

Le clochard, après quelques mètres parcourus au trot, ralentit bientôt pour adopter un tangage plus prudent, serrant sur sa poitrine son futur immédiat sans même prendre la peine de jeter un coup d'œil inquiet derrière lui.

Légèrement irrité de son inaptitude à déclencher une peur paralysante, même chez un clochard au cerveau liquéfié, Jewel le suivit du regard jusqu'à ce qu'il eût franchi une bonne vingtaine de mètres dans la ruelle. Il avait vu un film, une fois, dans lequel même les Comanches ne s'aventuraient pas à chatouiller les narines du destin en empalant les cinglés. Il comprenait maintenant pourquoi, et ça n'avait rien à voir avec le fait d'avoir chanté trop de vieux cantiques baptistes.

Jewel fit quelques pas en avant et se mit à traîner au bord du trottoir. La mascarade qui avait consisté à se faire passer pour un clochard errant ne lui revenait plus que de temps en temps à l'esprit. Ses yeux fouillaient toutes les voitures qui passaient, et il se raidissait dès que son regard s'arrêtait sur un grand type noir mieux habillé que lui. Il aurait dû poser plus de questions, il s'en rendait compte à présent. *C'est un grand Négro bien habillé.* Une multitude de victimes potentielles grouillait sur les trottoirs. Montrez-moi plutôt un grand Négro qui ne s'habille *pas* bien, hein ? Si jamais j'en vois un, je le descends, parce que c'est sans doute un flic.

Les minutes avançaient au ralenti, comme si on avait pété les rotules du bon vieux Père Temps. La pendule, dans la vitrine de Shevlin, marquait maintenant cinq heures neuf de l'après-midi.

Jewel commença à faire les cent pas. Il ne cessait de se retourner sur la seconde poubelle où une infime partie de la crosse était apparente au-dessus du tas d'ordures. Peut-être que ce connard n'arrive en retard que deux fois par an, et il faut que ça tombe aujourd'hui. Une épouvantable idée le frappa soudain : et s'il s'était fait conduire ? Mettons que la LTD ait un pneu crevé et qu'il se soit fait conduire dans une autre voiture, comment le reconnaître ? À moins qu'il ait changé le pneu lui-même. Peut-être que c'est le genre de Négro raisonnable, qui poserait ses pompes à cent dollars sur le plancher et son manteau sur le siège avant, pour s'occuper tout seul de son pneu, pieds nus.

Seigneur…

Et le cousin et le Froggy qui risquaient de rien comprendre et de se casser.

L'écho d'une dispute se fit soudain entendre, renvoyé par les murs de brique rapprochés de la ruelle décorée de papiers gras. Jewel pivota et aperçut le clochard de tout à l'heure dansant à contrecœur dans une interprétation triangulaire de la Valse de la 7e Rue. Des jurons rauques faisaient vibrer l'air, et le clochard se recroquevillait sur sa bouteille, pendant que les deux autres danseurs debout se relayaient pour le frapper dans le dos.

Quel tas de gueulards, se dit Jewel. Comment les gens peuvent vivre ainsi ?

Un des deux gars à l'esprit d'équipe s'adressait au clochard radin aplati au sol. Il était question de partager, comme on a toujours fait, exactement comme on a fait pas plus tard qu'hier soir, quand c'est moi qu'ai eu la main heureuse.

— Un demi-litron, tu parles ! beugla le clochard en s'enroulant encore plus étroitement autour de son gallon de rouge. C'est de la merde, un demi-litron !

Le pas de deux punitif reprit et, pendant une très courte seconde, Jewel envisagea de se rapprocher pour y mettre le holà. Mais c'est leur façon de vivre, après tout, réfléchit-il, et de toute façon, ils finiront par se vautrer les uns sur les autres en souriant niaisement dès que le rapiat aura reçu sa ration de coups de pompe. Et puis, on est en Amérique… et ça signifie que t'as le droit d'accaparer autant de choses que tu veux, mais que les garder reste ton putain de problème.

Jewel avait tellement pris le pli d'être déçu par la couleur des voitures qui passaient que son œil ne reconnut la LTD marron que lorsqu'elle eut parcouru la moitié du pâté de maisons. Il se redressa d'un coup et lorgna du côté de la poubelle, puis il avança sur le trottoir pour regarder la voiture se garer.

La voiture se rangea côté cinéma, environ cinquante places plus loin, à presque un demi-pâté de maisons.

La portière du conducteur ne s'ouvrit pas.

Jewel consulta la pendule du regard et vit qu'il avait au moins vingt minutes de retard. Pourtant Crane ne se décidait toujours pas à émerger de sa voiture marron qui s'était tant fait attendre.

Qu'est-ce qu'il peut bien foutre là-dedans ?

Jewel fit rouler sous son pied la bouteille de Falstaff vide puis il baissa les yeux et donna un coup dedans. La bouteille, toujours dans son sac de papier brun, tournoya avant de s'immobiliser contre une aspérité de l'asphalte.

Lorsque Jewel releva les yeux, son estomac se retourna comme une carpe de concours de pêche, et ses mains mollirent. Teejay Crane descendait le trottoir en claudiquant, droit vers l'écran de ses rêveries nocturnes.

Jewel fonça sur la deuxième poubelle, il y plongea la main pour en retirer son complice et fit sauter la sécurité. Il avait comme la sensation de flotter au-dessus du trottoir. Il s'adossa au mur du cinéma, cachant le fusil de son corps.

Quand Crane ne fut plus qu'à une distance de vingt voitures de lui, une femme à la peau foncée, chaussée de sneakers bleus et arborant un châle léopard, lui dit quelque chose et il s'arrêta.

Jewel n'entendait pas ce qu'ils se racontaient, mais il put constater que ce qu'on lui avait dit était *vrai*. Crane était vraiment *très* grand, et remarquablement bien habillé, avec une espèce de veste en velours style souteneur qui avait l'air de coûter la peau du cul d'une bonne douzaine de tapineuses. Putain de macs !

Crane continuait de sourire à la femme et de lui dire des trucs qui leur secouaient le torse et leur étiraient la bouche jusqu'aux oreilles.

Allez, quoi, mec, songea Jewel en se tapotant l'arrière de la cuisse du canon scié. Débarrasse-toi d'elle, tu veux bien ? Elle est pas si bien roulée que ça.

Crane ne bougeait pas, mais il continuait de baratiner la femme-léopard comme s'il était un candidat en campagne et qu'elle était sa foule. Ses mains s'agitaient dans tous les sens, pour quelquefois venir lui flatter l'épaule. Son léopard bondissait quand elle gloussait, les genoux tantôt fléchissant, tantôt se raidissant pour lui redonner toute sa taille.

Le temps changeait la donne. Jewel ignorait combien de minutes le cousin et le Froggy allaient encore l'attendre, mais l'heure de la débauche avait sonné depuis longtemps déjà. Il envisagea d'avancer sur le trottoir et de descendre Crane juste là. Il savait que c'était impossible, mais les circonstances ne s'alignaient pas avec ses plans.

Il continua d'observer et d'attendre, jusqu'à ce qu'une brusque envie de spectaculaire le propulse dans la direction de Crane. Il fonça jusqu'au milieu du trottoir, planquant tout d'abord avec soin le fusil, puis s'abandonnant à l'excitation si longtemps réprimée, il le brandit de sa main droite comme s'il s'agissait d'un pistolet.

Les badauds adoptèrent un pas plus rapide, pour ne pas dire précipité, à l'approche de Jewel, et une flopée d'inconnus élégamment vêtus s'écarta de son chemin. Plusieurs d'entre eux en appelèrent à l'être suprême, tandis qu'un sens aigu de l'étiquette poussait les autres à détourner le regard.

Lorsque Jewel ne fut plus éloigné de Crane que de la longueur d'une Cadillac, la femme porta la main à sa bouche et bégaya un pas en arrière.

— Oh, monsieur Crane, fit-elle. Qu'est-ce que c'est que ça ?

Le canon du fusil, scié de façon à élargir la portée du tir et à lui conférer plus méchante allure, visait le crâne légèrement grisonnant de Crane.

Crane recula, imitant la femme, comme si le fusil le visait par hasard et qu'il lui suffisait de se déplacer pour qu'il pointe sur autre chose. Mais le canon le suivit et ses lourdes épaules s'affaissèrent brusquement. Il regarda à ses pieds et leva les mains, comme si la blancheur éclatante de ses paumes pouvait lui sauver la vie.

— Ça ne m'étonne même pas, dit Crane tristement. Je m'en doutais, je crois.

Lorsque Jewel avança, Crane décida de jouer avec le destin. Il voulut claudiquer assez habilement pour éviter les tirs, mais au premier boitement il se fit cueillir en haut de l'épaule par l'explosion. Il s'effondra en tournant sur lui-même, de nouveau face à Jewel.

Jewel n'avait pas réellement entendu la détonation, mais il avait perçu une sorte de soubresaut dans son bras. Il fit monter une seconde cartouche dans la chambre. Il y avait du sang sur le trottoir, et il en jaillissait de Crane comme d'une petite fontaine. Les gens avaient disparu de la rue. Il baissa les yeux sur Crane, dont les yeux se plissaient et les lèvres se pinçaient de déception, comme si un léger détail lui déplaisait.

Avec le coup suivant, Jewel retourna le front de l'homme à l'envers. Il pivota rapidement sur ses talons.

— Je suis pas ici pour rigoler ! hurla-t-il.

Il entendit sa voix, l'écho semblant longuement s'attarder. À moins qu'il n'ait crié de nouveau.

Le canon du fusil pointé vers le sol, il prit la rue en direction de Benton Street, mais plusieurs hommes se mirent soudainement en mouvement sur le seuil d'une boutique, et l'un d'entre eux avait les mains enfoncées à l'intérieur de sa veste.

— Oh, sûrement pas, fit Jewel, en reculant. J'y crois pas.

Il considéra la rue devant lui et derrière, puis pivota une fois de plus, lâcha le fusil et revint sur ses pas en courant. Il suivit tout d'abord une trajectoire calculée, aussi vide que ses rêves, puis il rata l'entrée de la ruelle. Il voulut faire demi-tour, parce que la ruelle était la seule voie d'accès à la voiture qui l'attendait. Mais, déjà, les gens émergeaient entre les voitures garées, et un cri réclama sa mort.

Alors il se mit à courir à corps perdu le long de pâtés de maisons qu'il n'avait jamais vus. Des endroits bourrés de monde dont il était convaincu qu'ils ne l'aimeraient pas même s'ils l'avaient connu au berceau.

Le cerveau de Jewel fut tout à coup bombardé de vagues dictons et savoirs enfantins.

Certains Indiens peuvent courir cent cinquante kilomètres par jour. Dans le désert, avec des morceaux de viande accrochés à la ceinture.

La foule sur ces trottoirs inconnus ne s'ouvrait plus pour le laisser passer, et il se frayait un chemin au travers sans prononcer un mot. Il s'était perdu et courir devenait de plus en plus difficile. Son souffle était saccadé et ses pieds ne retombaient plus là où il les menait. Ses jambes étaient pleines de crampes.

Un homme, sur les quarante premiers mètres, peut distancer un cheval. C'est prouvé. Les premiers quarante mètres appartiennent à l'homme, mais après, hein, qu'est-ce qui se passe ? S'il vous plaît ! Qu'est-ce qui se passe ?

Hé, s'il vous plaît ?

8

Pete Ledoux, un homme bénéficiant d'une ample expérience en matière d'abjection, était assis au volant d'une coccinelle VW de couleur jaune et regardait le monde se déverser dans la 7e Rue comme une pleine poignée de grenaille par le trou d'un entonnoir. C'était le signe que ça s'était passé, et depuis suffisamment de temps pour que la panique se soit calmée, laissant place à la curiosité. Déjà, les sirènes avaient entonné leur chant lugubre.

Ledoux se tourna vers Duncan Cobb, assis sur le siège arrière.

— Cache le flingue, fit-il. Quelque chose a merdé.

Toute la pression accumulée au cours de la journée se reflétait dans l'effondrement amer du visage pâle et charnu de Duncan.

— Sûrement Jewel, dit-il. Si quelque chose a merdé, ça peut être que Jewel.

— Peut-être que lui a merdé, mais c'est nous qui avons des problèmes.

Ledoux mit le moteur en marche et les trépidations faiblardes de ce dernier lui tirèrent une grimace.

— T'aurais pas pu trouver autre chose ? demanda-t-il tandis qu'il engageait la voiture dans la circulation. Non, vraiment, quoi !

— Tu voulais quelque chose de pas trop compliqué, fit Duncan. Le propriétaire de la voiture est en vacances pour cinq jours.

— Comment tu peux savoir ça ?

— C'est un pote à moi.

— Tu l'as volée à ton pote ?

— Hé, Pete, c'est sans danger. C'est du sûr, c'est ça que tu voulais, non ?

— OK, dit Ledoux avec un haussement d'épaules. Quant à moi, sache que je prends *jamais* de vacances, mon *pote*.

La circulation sur Benton Street était calme et civilisée jusqu'à la 7e Rue, où un tas de conducteurs regardaient grossir la foule des badauds, puis venaient se ranger le long du trottoir quand la peur de rater un événement horrible, peut-être même historique, devenait trop forte.

La coccinelle jaune fit demi-tour, puis redescendit Benton.

— Il va pas s'en sortir, reprit Ledoux. Tu crois qu'il va tirer dans le tas ? Ou se coucher en attendant de se faire descendre ?

— Peut-être que Crane l'a eu le *premier*. (Duncan se mit à masser son cou épais, puis fit pivoter sa tête jusqu'à se faire craquer les vertèbres de la nuque.) Je sais pas ce qu'il fera. Comment je pourrais le savoir ? S'il court, il connaît pas le quartier. S'il court, il va se perdre.

— S'il se fait serrer, c'est nous qui serons perdus. Faut qu'on remette la main sur ce crétin de péquenaud.

— On va le retrouver.

Après avoir lancé un regard très significatif derrière lui, Ledoux dit :

— Ça vaudrait mieux. Il était *ton idée*, *mon ami**.

— T'as pas besoin de le préciser, mec.

— Je veux juste que les choses soient claires. J'ai une bonne mémoire pour me rappeler qui a foiré.

— C'est une question de survie.

— Je te le fais pas dire, *mon ami**.

Ils maraudèrent dans le quartier et passèrent les ruelles au peigne fin, sans parvenir à retrouver Jewel. Ledoux décida de laisser tomber et d'aller de l'avant.

Il traversa la ville, laissant derrière lui les maisons maigres et faméliques, les bars aux noms vulgaires et les terrains envahis de mauvaises herbes qui étaient le contre-poids au sud de ce qu'était Frogtown au nord. Faire du tourisme dans cette zone n'avait jamais été très sain pour les gars de Frogtown, mais avec les années Ledoux avait appris à y retrouver son chemin. Comme dans tous les vieux quartiers de la ville, le fleuve était ici le trait dominant, et si vous ne le perdiez pas de vue, vous n'aviez pas vraiment de soucis à vous faire quant à où vous étiez.

— Et moi qui croyais qu'on avait parfaitement calé tout ça, dit Ledoux avant de jeter un coup d'œil sur Duncan, dans le rétroviseur.

Duncan ne répondit pas.

— *Mon Dieu**, fit Ledoux en se garant sur le bas-côté. Monte à l'avant, tu veux ? Ça fait plutôt bizarre que tu sois assis à l'arrière, avec le siège avant vide.

— D'accord.

Lorsque Duncan eut déplacé sa masse de l'arrière à l'avant, Ledoux sortit de la ville par South River Road.

En périphérie, les maisons se raréfiaient. Elles se faisaient aussi plus récentes et plus vastes, avec des pelouses aussi bien entretenues qu'un temple presbytérien, et de longues allées toutes lisses qui ne reconnaissaient l'existence de la rue que par l'entremise de portails en fer forgé, armés de serrures ornées de chérubins. Ledoux longea ces parvenues prétentieuses jusqu'à l'endroit où South River Road traversait la voie ferrée, pour se transformer en un chemin de rocailles blanches.

Le chemin sinuait et s'enfonçait profondément dans le luxuriant enchevêtrement d'arbres, d'herbes et de vase qui bordait le fleuve. La coccinelle bondissait à travers des herbes deux fois plus hautes qu'elle et contournait des arbres presque aussi épais. Ledoux s'embourba à deux reprises dans des ornières de boue rouge, mais réussit à s'en extraire à chaque fois.

Très vite, ils tombèrent sur la Pinto noire de Ledoux, garée dans une petite clairière à côté d'un promontoire qui surplombait le fleuve. Ledoux ralentit suffisamment pour inspecter la voiture puis, ayant vérifié qu'elle n'était en rien suspecte, il continua de rouler. À environ deux terrains de foot de distance, il s'arrêta sous les décombres d'un ancien pont de chemin de fer. La brise ricochait contre le noir squelette métallique, lui arrachant une musique sépulcrale.

Il se rangea le long de la berge qui surplombait l'immense étendue d'eau fétide dont les flots s'écoulaient tumultueusement. Des tourbillons et des débris flottants indiquaient les points les plus traîtres du courant.

Duncan alla jeter un coup d'œil vers le bas de la berge, se penchant avec précaution par-dessus la crête du talus.

— C'est assez profond ici ? demanda-t-il.

— Ils ont dragué le coin, assura Ledoux. Je connais bien ce fleuve. Tu pourrais y balancer l'Arche de Noé, et t'aurais assez de fond pour voguer.

— Hmm.

Duncan avait le pistolet glissé à sa ceinture. Il le tapotait du bout des ongles. Au milieu du fleuve, à quelque cinquante mètres de là, il y avait un grand banc de sable qui aurait pu convenir, s'il n'avait pas été aussi éloigné.

— Je le balance ici, Pete ? Ou bien je le garde ? (Il brandit l'arme.) Ça a l'air d'être un bon endroit pour le jeter.

Ledoux finissait de fouiller la voiture, à la recherche de ce qu'ils auraient pu par hasard laisser traîner. Il n'avait rien trouvé.

— Tu t'en es servi ?

— Tu sais bien que non.

— Alors pourquoi le balancer ? C'est un Browning High Power quatorze coups, sans numéro de série. J'ai pas les moyens d'en dénicher tous les jours, péquenaud.

Le visage de Duncan se ferma et il se redressa, indigné :

— Dis donc, mec, je bosse pour toi, d'accord, mais laisse-moi te dire quelque chose : les connards ont pas d'amis.

Ledoux émit un grognement de dérision parfaitement étudié.

— J'ai pas besoin d'amis, petite merde. Les amis… Ah oui, tiens ! Les amis te tirent deux balles dans le crâne. Les amis te balancent et tu te prends une peine longue. En taule, quand tu tombes sur un mec qu'a pris perpète, tu peux être sûr qu'il avait trop d'amis.

Duncan ricana.

— Laisse-moi deviner, c'est censé me déstabiliser, hein ? Tu veux passer pour un dur à cuir brillant, c'est ça ?

— Crois ce que tu veux, mais va savoir, hein ?

Après un bref échange de rictus-et-duel-de-regard, Ledoux regagna la voiture. Il ôta le frein à main et mit au point mort.

— Va falloir marcher jusqu'à ma voiture, fit-il. J'aime autant qu'on en finisse tout de suite. Balançons ce tas de ferraille.

Les deux hommes se placèrent à l'arrière de la voiture, de manière à pouvoir pousser à l'unisson.

— On devrait peut-être attendre, dit Duncan. Tu sais, jusqu'à ce qu'on y mette Jewel, comme on avait dit.

— Non, fit Ledoux. Ce plan-là est mort. Fais ce que je te dis.

Les deux hommes commencèrent à pousser. Une fois la voiture en branle, ce fut facile. La VW jaune vacilla pardessus le talus de vase gluante et glissa sur ses flancs jusqu'au fleuve.

Ils se dressèrent sur la berge et observèrent. Des vagues brunâtres venaient lécher les portières, et la coccinelle se mit à tanguer.

— Si Jewel était là-dedans, on n'aurait plus qu'à rentrer chez nous tranquille, lança Duncan à regret.

— Ouais. Sauf qu'il l'est pas, et que nous on en a pas fini.

La VW descendait le courant de plus en plus vite, et loin de s'enfoncer, elle tanguait et roulait comme un bouchon de liège gargantuesque.

— Oh, merde ! fit Ledoux. Ces putains de trucs coulent pas. Une foutue chance qu'on n'ait pas attrapé le connard. Il se serait baladé à l'intérieur en tirant la langue à tous les pêcheurs et baigneurs à poil d'ici à Baton Rouge.

— Nan, dit Duncan. Elles coulent. Je pense qu'elles coulent. Mais doucement.

— Y a intérêt.

— Je ferais peut-être mieux de tirer dedans, non ? Ça l'aiderait.

La voiture s'immergeait lentement, tandis que le courant la faisait dériver. Alors que seuls son toit et une partie de sa vitre arrière étaient encore visibles au-dessus de la surface de l'eau, elle piqua du nez dans le banc de sable et ne bougea plus.

— Je peux faire sauter les vitres, si tu veux.

— Non. Elle a gagné. Laisse tomber.

Ledoux considéra un moment le véhicule récalcitrant, puis il tourna la tête et attaqua le chemin vers sa propre voiture. L'expression soucieuse de son visage trahissait les graves pensées qui l'absorbaient et ses pieds s'enfonçaient dans la boue du chemin.

— Dis-moi, dit-il. Est-ce que la lune s'est comportée bizarrement, ces temps-ci, ou un truc de ce genre ?

— J'en sais trop rien.

— T'aurais rien remarqué, je veux dire ?

— Je pourrais pas dire, rétorqua Duncan, qui ne voulait pas contredire son aîné.

— Mais de toute façon, t'y verrais que dalle, non ? Tu serais pas capable de remarquer une bizarrerie si tu l'avais sous les yeux.

— Peut-être que si quand même. Si c'était une chose vraiment bizarre.

Ledoux renifla, puis accéléra le pas.

— Les choses *vraiment* bizarres, y en a plein les journaux, péquenaud. Pour l'amour du ciel… Ce qu'il faut savoir repérer, c'est les bizarreries de *second ordre.* Je l'ai appris à mes dépens.

— Pas encore assez, faut croire, dit Duncan en riant.

— Ça, dit Ledoux, ça reste à prouver.

9

Plus tôt dans l'après-midi, Shade avait été appelé dans le bureau du capitaine Bauer. Il avait frappé à l'épaisse porte d'érable et était entré. Le capitaine se tenait debout devant la fenêtre du fond du bureau, les bras ballants le long de ses flancs. Le maire Crawford, vêtu d'un complet de deuil noir de coupe italienne qui devait coûter son prix, était assis sur le canapé, les jambes croisées et les mains jointes sur le genou du dessus.

Le nuage de satisfaction sur lequel Shade flottait depuis la visite de Nicole s'évapora d'un coup.

Le maire désigna du menton un jeune homme sombre bâti comme une armoire à glace dans un costume trois-pièces à rayures bleues, à la poche de poitrine duquel fleurissait un mouchoir jaune.

— Je ne crois pas qu'il soit nécessaire de vous présenter, dit-il.

— Non, je ne pense pas, répondit Shade, pressentant l'habile coup de pression en train de se dessiner. Comment vont les magouilles, François ? s'enquit-il auprès de son frère cadet.

— Mal, rétorqua François. C'est bien pour ça que je m'efforce de rester dans le droit chemin.

Le capitaine tourna la tête pour le regarder, esquissa une grimace, puis revint à la vue apparemment hypnotique sur laquelle donnait la fenêtre.

Le maire accrocha le regard de Shade et sourit.

— Votre frère s'est vu confier l'affaire Rankin, pratique non ? Nous apprécions vraiment cette coordination entre la police et les bureaux du DA.

— Tout à fait, monsieur le maire, dit François, qui, légèrement penché en avant, s'était ramassé en posture de force. C'est essentiel pour le succès d'une affaire.

— Euh, oui, fit le maire avec un sourire piqué. Bien entendu. (Il se leva alors et se dirigea vers la porte.) Frank… puis-je vous appeler Frank ?

— Je vous en prie.

— Frank a donc été instruit de cette affaire. Faites donc ce que vous faites d'habitude, tous les deux. Partagez vos informations, ou je ne sais pas.

— Quelles informations ? demanda Shade.

— Écoutez, Shade, dit le maire Crawford. Je suis sûr que nous possédons pléthore de dossiers de cambrioleurs. Et si vous commenciez par *ce genre* d'informations, par exemple ?

Une fois le maire sorti, le capitaine Bauer leur adressa un grognement embarrassé avant de le suivre, laissant les deux frères seuls dans son bureau.

François se leva avec un sourire nerveux et s'avança à grands pas vers le bureau massif, sur le rebord duquel il se percha. Il passa ses longs doigts effilés dans sa coupe de cheveux à trente dollars.

— Écoute, frère, dit-il. C'est le boulot.

Shade opina lentement.

— Je suis tout ouïe.

— Bon, ce qu'il y a, c'est que cette affaire est semée de *beaucoup** d'embûches, René. Ce qui signifie que le plus petit pas que fait un type peut devenir la plus gigantesque enjambée qu'il fera jamais – du bon ou du mauvais côté.

Shade regarda ailleurs, conscient du sang qui lui montait au visage. Quand il était face à des avocats, des hommes d'affaires, ou des femmes à la mode de Paris, François parlait la langue officielle en usage tout en haut de l'échelle – soigneusement articulée, précautionneuse et précise, dépouillée de toute touche personnelle –, mais avec son propre frère c'était comme s'il se sentait obligé de revenir au patois de Lafitte Street, celui de leur enfance. Comme s'il n'était pas sûr que Shade fût capable de comprendre autre chose.

— À juste titre, fit Shade. Tout est lié, c'est la vérité vraie, frère.

François avait le visage plus allongé que celui de son frère, avec des traits plus acérés, plus "français", et ses yeux étaient noisette au lieu d'être bleus, mais la même agressivité se lisait dans les lignes de leurs mâchoires. Il fronça un sourcil épais en accent circonflexe en entendant la réponse de son frère.

— T'as suivi des cours du soir, hein, René ?

— Ne commence pas, répondit sèchement Shade.

Il n'avait pas terminé ses études, pas même été au-delà d'un an d'université, et François laissait souvent entendre que cette absence de diplôme creusait un immense abîme entre eux deux. Ce qui finissait toujours par foutre Shade en rogne et il avait découvert que, pour une raison dont la logique lui échappait, les gens de sa famille avaient, plus que tout autre habitant de la planète, le don de déchaîner chez lui des colères aussi féroces que systématiques.

— Je croyais qu'on parlait affaires. On discutera de ça une autre fois.

François acquiesça silencieusement d'un mouvement du menton.

— OK, fit-il. Bon, autant que je sache, Rankin a surpris un intrus et a été tué par l'individu, indéniablement terrifié. Peut-être parce que Rankin pouvait l'identifier.

— Bordel de Dieu, laissa tomber Shade. (Il se mit à marcher vers cette même fenêtre qui avait tant fasciné le capitaine.) Ils t'ont foutu là pour me garder en laisse. Ils m'ont collé mon putain de petit frère sur le dos, pour bien s'assurer que je remue la *bonne* merde. J'ai vu le coup arriver, dès que j'ai ouvert la porte.

— Allons ! aboya François. Écoute, je suis juste ici pour assurer la coordination. Cette affaire rend tout un tas de gens nerveux, vois-tu ? De malheureux malentendus pourraient éclater si cette affaire était rendue publique, mec. Et tu le sais. Alors on doit tirer les choses au clair très rapidement. (Il se releva et fit face à son frère, plus petit que lui.) En plus, je n'ai qu'un an de moins que toi.

— Ça fait longtemps que tu n'es plus vraiment plus jeune que moi.

Un sourire étira les lèvres épaisses de François.

— Je sais, commenta-t-il.

Une espèce de douce tristesse se fraya un chemin en Shade, nourrie à la fois par l'affection qu'il portait à son frère, par le fait qu'il le connaissait à merveille, mais aussi par la compréhension qu'il ne le connaissait absolument pas. La chambre obscure où chacun abrite ses véritables convictions, ses plus secrets désirs, possède la porte la mieux scellée du monde. Plus vous vous escrimez sur sa poignée, plus vous vous efforcez de regarder par le trou de sa serrure, plus il vous faut deviner, moins vous en savez.

— T'as l'air fier de faire plus vieux que ton âge, dit Shade.

— Oh, souffla François de manière théâtrale, rester jeune est une voie de garage très surestimée. (Il haussa les épaules, comme on fait un clin d'œil.) Ce qui m'impressionne, c'est plutôt de prendre la voie principale.

— Tu m'as vraiment l'air de vouloir t'embarquer dedans, qu'importe le prix.

— Grand frère, que tu embarques ou que tu te fasses embarquer, tu en payes le prix. Faisons notre âge, d'accord ?

Il fut un temps pas si lointain où François se faisait l'énergique défenseur des masses piétinées, où il plaidait avec passion pour ces parias, les ratés issus de son quartier auxquels il se refusait à dénier toute humanité. Dans son attitude planait alors une lourde menace envers un système qui ne s'était pas toujours comporté avec une grande bonté pour ses proches, et son esprit belliqueux s'enflammait rapidement dans sa quête de justice pour le menu fretin. La Justice. Mais au cours des dernières années, quelque chose en lui avait changé, une métamorphose imprévisible opérant jour après jour. Un mariage avec une fille de bonne famille de Hawthorne Hills, le passage de la trentaine, une série de collusions pédagogiques avec des négociateurs à triples patronymes vautrés dans une prospérité dorée, et les billets qui affluaient en conséquence. Il était encore en quête de justice, mais de plus en plus la justice était devenue un pseudonyme, un alias de François Shade, anciennement de Lafitte Street, mais plus récemment de Wyndham Lane.

— OK, dit Shade. Alors parlons franchement. Qu'est-ce que t'y gagnes dans cette affaire, mon vieux frère ?

Leurs yeux se croisèrent, aucun de leurs deux visages n'affichait trace de honte ou de peur.

— C'est mon boulot. Pour le moment en tout cas, fit François avec un vague geste d'excuse. Mais cette affaire risque d'avoir des répercussions intéressantes dans les années à venir. Alvin Rankin était noir, tu sais.

— J'avais noté ça dans un coin de ma tête, oui.

— Bon. C'était un type bien. Un bon démocrate. Être le procureur dans cette affaire n'est pas ce qui pouvait m'arriver de pire. Mais tout dépend de qui je poursuivrai.

— Oh ! Donc, si tu peux te débrouiller pour que le linge du parti en ressorte propre, tu pourrais bien finir conseiller municipal, ou un truc du genre.

— Eh bien oui. Mais ça, c'est simplement l'aspect vulgaire de la chose. Quand il est question de villes, René, si tu veux être élu dans les trente prochaines années, il vaut mieux entretenir de bons rapports avec les Noirs et les Latinos. Nombreux sont les Blancs qui ne sont pas prêts à l'admettre, mais s'ils n'y parviennent pas, ils vont comprendre leur douleur.

— Et ça pourrait être un avantage pour toi.

— Ça pourrait. Il n'y a pas de quoi bâtir une carrière dessus, mais oui, ça pourrait m'aider. Ce que je veux dire, c'est qu'un politicien blanc qui compte devenir maire et le rester a intérêt à mettre le plus de distance possible entre lui et les vieilles manières irlandaises. Elles ont leur charme, mais elles ne tiendront plus longtemps la route.

— Eh bien, merci, fit Shade. C'est assez franc.

Les deux hommes sourirent et Shade sentit le picotement d'une étrange fierté, jusqu'alors immergée, d'avoir été rencardé à l'instant par un je-sais-*tout** qui avait la grâce supplémentaire d'être son parent. Comme une griserie d'être dans les coulisses, et il en venait à comprendre comment les mécanismes de la réussite pouvaient captiver un homme.

— Franc, mais juste pour cette fois, fit François. Et, à propos, tout ça me remet en mémoire notre constellation familiale plutôt bigarrée. Autrement dit : comment va Tip ?

— Hargneux comme d'habitude.

— Voilà qui est rassurant. On n'arrête pas de me parler de lui, tu sais. J'aimerais autant qu'il change de nom.

Shade rit.

— J'ai l'*idée fixe** qu'il souhaite la même chose.

— Hmm. Je suppose qu'on n'y peut rien.

— Pas grand-chose.

À la suite de ça, les deux frères se mirent vraiment, vraiment au boulot. Shade se retrouva bientôt à la dérive, flottant sur un mirage composite d'intérêts familiaux, d'amour fraternel et d'admiration pure et simple pour l'esprit d'entreprise. Il finit par accepter de suivre pendant au moins un jour la piste du cambriolage, tant que rien de tangible ne surgirait dans une autre direction.

— Essaye de voir à long terme, lui conseilla François quand ils se séparèrent.

— Je veux bien, dit Shade. Je fais de mon mieux. Mais j'ai du mal à m'y faire.

10

Lester Moeller, menu fretin des voleurs sans ambition, toujours à l'affût d'une entourloupe mais aux méthodes tellement paresseuses qu'il devait se contenter de petits larcins à peine suffisants pour le maintenir à flot, secoua sa tignasse hirsute et leva les bras dans une démonstration d'innocence.

— Je vous assure, dit-il de sa voix efféminée en regardant d'abord Shade, puis How Blanchette. C'est à peine si je suis sorti de chez moi. Alors, le Pan Fry…

— C'est sûr. Qui aurait envie de quitter ce château-là ? demanda Blanchette, tandis que d'un mouvement de main il attirait l'attention sur les emballages de hamburgers qui jonchaient le sol, la table branlante vissée au mur et les fenêtres maintenues par du scotch gris.

— D'accord, convint Lester avec un hochement de tête. Il a bien fallu que je sorte pisser. J'suis pas le genre de mec à pisser dans l'évier. Et pour faire caca, aussi. Le chiotte ici, il évacue pas.

— Tu devrais peut-être t'en procurer un qui fonctionne, suggéra Shade. La prochaine fois que tu sors, je veux dire.

Lester secoua la tête. Il était jeune, mais il avait appris à se connaître.

— J'ai pas l'expertise, fit-il. C'est pas comme un vol à la tire, vous comprenez. Faut avoir le coup de main. Je sais débrancher une prise, ça oui, mais pour ce qui est de la plomberie, j'y connais que dalle.

— Quel dommage, dit Shade.

— De toute façon, ce serait coton de planquer un chiotte sous sa veste dans la rue. Un gars doit penser à tout.

Un jour, bien des années plus tôt, quand Shade tapait encore dans des gants de cuir pour payer les factures, il était sorti du gymnase de Brouilliard par la porte de derrière qui donnait sur le parking boueux. Là, il avait surpris le jeune Lester la main dans le sac, en train d'essayer de rendre sa liberté au contenu de la boîte à gants de sa Nova. Shade, qui n'avait jamais pris son pied en tapant sur les plus petits que lui, s'était retenu de frapper Lester. Il avait entouré d'un coude le fragile cou d'oiseau du garçon de dix-huit ans, puis, de sa main libre, il lui avait dégrafé le pantalon. Ensuite, il l'avait jeté à terre en lui confisquant son froc. Comme l'apprenti voleur filait à quatre pattes, en plein jour, abriter sa pudeur derrière une borne d'incendie voisine, Shade lui avait lancé : "J'te le laisserai au rayon policier de la bibliothèque."

Quand sa voiture était sortie du parking, Lester était encore agenouillé derrière la borne, dans une posture photogénique.

— Comme voleur, tu as de très *sérieuses* lacunes, Lester.

— Ben, rétorqua Lester en haussant ses fines et douces épaules. Je ne suis pas *bon* à grand-chose, de toute façon.

Blanchette rit.

— Ton casier judiciaire dit la même chose.

— Au moins, j'essaye, fit Lester d'un ton maussade. J'pourrais peut-être toucher les allocs, à la place.

Shade se leva et défit un autre bouton de sa chemise. Ses vêtements lui collaient au corps comme de la peinture fraîche et la sueur lui perlait au front. Il regarda Blanchette, lequel parvenait encore à supporter le trench-coat amincissant. La vanité serait-elle plus forte que la chaleur ? se demanda-t-il.

— Eh merde, Lester, dit Shade. Tout ce que tu racontes, ça ne m'apprend rien. À quoi ça sert qu'on soit amis si tu ne me racontes rien d'intéressant ?

— Allez, quoi. Vous foutez pas de moi, dit Lester. Vous m'aimez pas. On n'a jamais été amis. (Il leva les yeux, tout ronds et tout marron, et les planta droit dans ceux de Shade.) Personne m'aime, et ça je le sais depuis toujours, alors arrêtez vos conneries.

— N'empêche, si jamais t'entends parler de quelque chose…

— D'accord. Mais je connais personne qui travaille beaucoup dans le Pan Fry, mon pote. Là-bas, s'ils t'attrapent, ils font une partie de base-ball avec toi, mec. Et, devine un peu qui fait la balle…

— Je te crois, fit Shade. Tu m'as convaincu. Mais si jamais j'apprends que tu m'as menti…

Ce fut au tour de Lester d'éclater de rire.

— Alors, je suppose que vous me coffrez, hein ? Et que vous m'envoyez moisir dans un endroit terrible ?

Shade et Blanchette gloussèrent à l'unisson, car Lester appartenait à cette race de mutants qui se trouvent aussi bien à l'ombre que dehors. Les portes blindées qui claquaient lui faisaient le même effet que les sablés et la tasse de lait chaud d'une mère aimante et attentionnée.

— Oh non, ça te plairait trop, répondit Shade. La prochaine fois qu'on te coince, on fera passer le chapeau pour se cotiser et t'envoyer en lycée professionnel. Comme ça tu pourras apprendre à te servir de tous les outils électriques avec lesquels te foutre en l'air.

— J'ai vu pire, dit Lester en les raccompagnant à sa porte.

Une fois dehors, debout dans la petite rue pavée de briques, Shade et Blanchette se concertèrent afin de décider de la prochaine visite inutile qu'ils rendraient.

— Il est presque quatre heures, dit Blanchette. On est en train de perdre notre journée. Y a pas un seul de ces crétins qu'irait cambrioler la maison d'un conseiller municipal, pour se demander ensuite ce qu'il fout là et finalement décider de le descendre, histoire de ne pas être venu pour rien.

— Tout ça, je le sais, et tu le sais aussi bien que moi, mais le reste du monde s'en fout.

Blanchette ouvrit son trench-coat et se servit des pans pour s'éventer. Dans le silence qui suivit, il s'approcha d'une voiture garée là et s'assit sur le capot. Ses courtes pattes se balançaient un peu au-dessus du pare-chocs et il scrutait le trottoir d'asphalte fondu comme s'il s'agissait d'un miroir. Il poussait un soupir de temps en temps, et la sueur dégoulinait le long de son visage, comme des fissures sur un bouddha de porcelaine.

— J'aime pas ça, fit Shade. Si on fait pas ce qu'on sait qu'on devrait faire, alors y en a un autre qui va se faire descendre.

— On n'y sera pour rien.

— On n'y est jamais pour rien.

— Ça devrait être inscrit sur nos insignes, si tu veux mon avis.

— On y est toujours pour quelque chose.

— Oh non. Arrête avec ces conneries de gamin, s'il te plaît, René. C'est vraiment pas le jour.

Le soleil se réfléchissait sur les fenêtres proches, et la chaleur montait du béton du trottoir, offrant ainsi quelques angles supplémentaires à la torture ambiante.

— Sundown Phillips, dit Shade.

Blanchette retroussa ses lèvres, puis se mit à opiner.

— Mais oui, dit-il. Si quelqu'un sait ce qui se passe dans le Pan Fry, c'est bien lui.

— Ouais. Alors, soyons sociables. Rendons-lui une petite visite. OK ?

— OK, partenaire, acquiesça Blanchette sur un ton étrangement doux. Je me demandais combien de temps encore on allait être aux petits soins pour ton frangin en cachemire. Pour pas te mentir, dix minutes de plus, et je perdais la foi.

— Moi aussi, fit Shade en hochant la tête.

Dans l'ambitieuse mythologie que cultivait Saint-Bruno, ville qui se plaisait à se comparer à un mini-Chicago, on comptait des Royko* spécialistes du bouche-à-oreille et des Sandburg de coin de rue bavards qui parvenaient à

* Mike Royko (1932-1997) est un journaliste américain connu pour ses chroniques sur Chicago. Carl Sandburg (1878-1967) est un poète américain, connu notamment pour ses *Chicago Poems*.

établir d'étranges correspondances entre la Venteuse Cité sur le lac, et l'Asthmatique Bourgade étouffant sur le fleuve.

La hiérarchie qui structurait bouilleurs de cru, excités de la gâchette, Césars du tapis vert et autres cow-boys revendeurs de poudreuses se comparait au souvenir, très vivace encore, de ce qu'avait été Chicago. Et si, dans cette métaphore urbaine, un Auguste Beaurain – potentat si vicieux, puissant et dangereux qu'il n'avait même jamais été épinglé, ne serait-ce que pour une simple contravention – pouvait passer pour un Capone au rabais, et un Steve Roque pour un Spike O'Donnell irritant, alors Sundown Phillips, du Pan Fry, faisait un parfait Bugs Moran*.

La voiture des inspecteurs pénétra sur l'aire de gravier située devant la maison en bois qui servait de bureau aux Constructions Phillips. Il y avait là deux pick-up verts et une moto. Un grand chien au long pelage boueux et à la tête anormalement étroite se reposait sur le porche.

Le chien se releva quand les inspecteurs approchèrent, et Shade laissa sa main retomber pour le gratter à l'endroit où devaient se trouver les oreilles. Le chien soupira puis se recoucha, et Shade ouvrit la porte.

Derrière se trouvait une petite pièce dans laquelle se terraient une obscure assemblée de classeurs gris, disséminés un peu partout le long des murs, et un bureau de réception qui était inoccupé.

* Comme Al Capone (1899-1947), Spike O'Donnell (1889-1962) et Bugs Moran (1893-1957) étaient de célèbres gangsters de Chicago.

Les deux inspecteurs s'avancèrent jusqu'au milieu de la pièce et s'arrêtèrent. Une photo de Martin Luther King occupait l'un des murs, au milieu et assez haut, et dessous étaient épinglées des photos dédicacées de Satchel Paige, Itzhak Perlman et Tina Turner.

Shade traversa la pièce jusqu'à une porte blanche située dans un angle et frappa.

Au bout d'assez longtemps, la porte s'ouvrit lentement et révéla une table entourée de visages curieux. Un homme mince et couleur caramel, arborant une barbe à la Van Dyck et un goût pour les vêtements de style tropical, bloqua le passage à Shade.

— On est en plein travail, fit l'homme. Vous venez parler boulot ?

À l'autre bout de la table, au second plan, l'un des visages curieux se départit de sa curiosité et se leva. Voilà un corps qui, du toupet à la pointe des orteils, aurait pu maintenir une bonne moyenne de vitesse à l'offensive en se contentant de s'affaisser vers l'avant à chaque pas. Sundown Phillips était un homme à la peau sombre et de haute stature – et même plus que ça –, doté d'une crinière léonine.

Comme il approchait de la porte, il commença à sourire.

— Tiens, tiens, mais c'est Shade Jus-Pressé ! fit-il en roulant les yeux. Le Jus-ticier !

Shade identifia la barbe à la Van Dyck comme Powers Jones, charpentier à mi-temps et suspect à plein temps, qui travaillait pour Phillips. Il ne distinguait pas assez bien les autres visages pour mettre un nom dessus.

Sundown s'avança dans le cadre de la porte et bloqua son champ de vision. Son sourire était aussi aimable qu'une porte de prison. Il força Shade à reculer dans la pièce principale et referma la porte blanche dans son dos.

— C'est quoi ça ? demanda Blanchette, se penchant en avant avec un air de conspirateur. Il est pas un peu tôt pour une réunion Tupperware ?

Sundown répliqua en toisant Blanchette, un pli amusé aux lèvres :

— Vous avez pas vu le panneau, dehors ? demanda-t-il. C'est une entreprise.

— Écoutez, Phillips, dit Shade. J'aimerais vous poser quelques questions.

— À quel sujet ?

— À *votre* sujet.

— C'est vraiment gentil, dit Sundown. Deux mètres deux, cent trente kilos, la peau brun foncé, une longue cicatrice violacée sous l'aisselle gauche, et, eh bien, comme un âne. Je suppose que ça couvre l'essentiel ?

— La plupart des gens ont les petits malins en horreur, fit remarquer Blanchette, debout devant Sundown, le nez à hauteur de son téton.

— Ah ouais ? J'aimerais bien voir les statistiques démographiques sur ce sujet.

Dans certaines situations, la présence de Blanchette ne faisait guère avancer les choses. Très vite, Shade arriva à la conclusion qu'il s'agissait là de l'une d'entre elles et il demanda à How d'aller l'attendre dans la voiture. Mais Blanchette ne vivait que pour l'idée qu'il se faisait de lui-même : un flic aux rondeurs rugueuses, pas facile à démonter, et qui n'avait encore jamais eu l'occasion de rencontrer le spécimen d'humain qui pourrait se targuer de l'avoir fait battre en retraite.

— OK, agréa-t-il. D'accord. Mais si ça roule pas comme tu veux, Shade, alors c'est moi qui prends le relais.

Quand la porte se fut refermée sur Blanchette, Sundown s'assit sur le bureau de la réception. Il ouvrit un bouton de sa chemise estivale en coton jaune et frotta le bout de ses bottes à son pantalon.

— De quoi s'agit-il, Shade ?

— Cette réunion, là, dit Shade en désignant la porte blanche d'un signe de tête, c'est à propos de Rankin, pas vrai ? Vous êtes déjà en train de vous partager les restes, ou quoi ?

— Tu sais que t'as un certain culot, mec ? Pourquoi est-ce qu'on n'aurait pas le droit de causer d'Alvin, putain ? On le connaissait tous, tu vois. C'était notre gars, et il était en pleine ascension, en plus. Tu vois quelque chose de plus important qui se soit passé récemment ?

— J'aimerais surtout savoir si tu sais qui lui a refait le portrait, des trucs de ce genre.

Sundown étendit les bras, puis évalua d'un rapide coup d'œil l'envergure de ses deux membres :

— Tu vois des plumes, là ? fit-il. Et tu m'entends roucouler, peut-être ? (Il laissa retomber ses énormes bras le long de ses flancs.) Alors, qu'est-ce qui peut bien te faire croire que j'aurais des déclarations à faire ?

— Qu'est-ce que j'en sais ? Certaines personnes ressentent du chagrin, vois-tu, Phillips, quand ceux qu'ils aiment se font descendre.

— Du chagrin ? Là où je vis, le chagrin, ça déclenche de l'action, chéri, et pas des putains de larmes inutiles, ou des bondieuseries à la con.

La porte blanche s'ouvrit et Powers Jones montra sa tête :

— On t'attend, ou quoi ? demanda-t-il.

— Ou quoi, rétorqua Sundown. (Il se mit à arpenter la pièce, puis consulta sa montre.) C'est l'heure de Rochelle, de toute façon. (Il pointa un doigt sur Jones.) Bouge pas de là. (Ses longues jambes le menèrent en deux pas à la porte.) Si tu veux me parler, Shade, tu me suis. Sinon, *au revoir**, têtard.

Ils sortirent et Shade fit signe à Blanchette de ne pas bouger. Les deux hommes longèrent en silence le trottoir qui disparaissait de temps en temps pour réapparaître plus loin, vallonné de racines d'arbres sans âge qui n'allaient pas se laisser dévier par du vulgaire béton.

— Je dois aller chercher ma fille, dit Sundown. Je n'aime pas la savoir toute seule dans ce coin. Elle prend des cours de piano après l'école, tu vois ? Elle va devenir un Keith Jarrett, un jour, mais en plus jolie.

— Rien que ça.

C'était le même homme, songeait Shade, qui avait joué au football au lycée comme un dieu grec avec des comptes à régler, une sorte de vendetta personnelle qui anéantissait littéralement tous ceux qui osaient se dresser contre lui. Il était célèbre pour l'habitude qu'il avait d'assommer sans scrupules les adversaires qu'il prenait en grippe, qu'ils aient le ballon ou qu'ils soient sur la ligne de touche. Son style de jeu suffisait à maintenir en vie les offensives les plus faiblardes à coups de pénalités, mais, à sa décharge, il en arrêtait aussi beaucoup avec ses plaquages briseurs d'os. En dépit de sa stature, il courait aussi vite qu'un arrière, cependant, face à la folie de son jeu, même les entraîneurs adeptes de l'attaque Wishbone lui tournèrent le dos. La rumeur disait qu'il menait ses nouvelles activités d'usurier, de patron de tripot et d'escroc tous azimuts avec la même logique brutale.

En dépit de l'étrange respect qu'il avait pour la talentueuse prédisposition au mal du personnage, Shade tenait à être celui qui lui collerait au train un carton rouge pour perpète.

Plusieurs jeunes garçons débraillés à bicyclette surgirent des ruelles adjacentes et se mirent à tournoyer autour des deux hommes. Les mômes se dressaient sur leur roue arrière et se laissaient retomber à quelques centimètres d'eux. Ensuite, ils poussèrent l'audace jusqu'à leur réclamer un *quarter* pour s'arrêter.

— Je peux vous érafler vos pompes gratos, disaient-ils, mais avec un *quarter* dans la main, je peux rater mon coup.

Quand il leur apparut clairement qu'ils ne tireraient pas la plus petite piécette de leur racket à la protection, les entrepreneurs modèle réduit retournèrent hanter les ruelles familières d'où ils sortaient.

— De la racaille, dit Sundown. Ils n'y peuvent rien. Ils sauront jamais distinguer Bartók du Bootsy's Rubber Band.

— C'est vrai, opina Shade. Il y a plein de raisons d'être triste.

L'école sortait tout droit de la belle époque de la Dépression, comme le clamait haut et fort chacune des charmantes finitions de sa construction, à laquelle avaient collaboré à prix réduit et de bon cœur tant d'artisans reconnaissants. Les briques étaient certes noircies par des générations de fumée et de suie, mais l'école James Audubon conservait un cachet formidable.

— Vous pourriez peut-être profiter de ce qu'on est là pour fourguer un peu de came aux gosses, dit Shade.

— Ah, grogna Sundown. Tu n'es plus dans le coup, chéri. C'est les profs qui en veulent maintenant. Ils en ont plus besoin que leurs élèves.

— Je vois. Alors, comme ça, on s'intéresse à l'éducation publique ?

— J'ai ce sens du civisme, effectivement.

Derrière l'école, les terrains de basket et de base-ball étaient entourés d'une haute palissade dont les portes étaient fermées à double tour après les cours, mais la démocratie avait, là aussi, fait valoir ses droits et s'était frayée plusieurs voies de passage à travers les maillons. Les portes venaient tout juste d'être fermées, étant donné l'heure, et une petite fille jolie comme un cœur dans une robe jaune et des chaussettes hautes rouges attendait sur le trottoir, une pile de partitions à la main.

Encore du temps perdu, exactement comme avec Lester, se dit Shade. Ainsi donc, les gens de Phillips étaient sous le choc, mais ça ne leur coupait pas l'appât du gain. Pour qui était-ce le cas ?

— Rochelle, appela Sundown.

La petite fille vint dans sa direction. Un vrai grand sourire lui fendit le visage, et elle se mit à sautiller vers son père, puis s'efforça de retrouver sa dignité et en revint à une allure moins démonstrative.

Sundown se baissa à sa hauteur et l'embrassa sur la joue.

Voici donc, songea Shade, le même homme dont on chuchote dans le plus grand secret qu'il aurait ligoté par les bras deux Syriens de Saint-Louis pour les envoyer chercher des cailloux au fond d'un marigot éloigné.

— On a écouté du Chopin aujourd'hui, papa, dit Rochelle joyeusement. Mais on a fait nos gammes sur *Yankee Doodle Dandy.*

— Écoutez, dit Shade. Tout ça fait vraiment chaud au cœur et tout, mais il y a deux-trois petites choses que j'aimerais savoir.

— Correction : un *tas* de choses.

— Si vous voulez. Je n'ai pas compté. Alors, on peut en discuter ici, en voisins, ou encore sur la 2e Rue, en pros. Faites votre choix.

— Allons, fit Sundown. Je ne vois pas du tout de quoi il retourne. Si j'étais au courant, tu crois vraiment que je resterais assis dans mon bureau à *discuter* ?

— C'est tout ce que vous faites ?

Une voiture se mit à klaxonner. Shade se retourna et aperçut Blanchette en train de remonter la rue à toute allure dans la Chevy de service. Parvenue à sa hauteur, la voiture pila, et Blanchette piailla :

— Viens ! Il se passe quelque chose sur la 7e et c'est pour nous.

Sans ajouter un mot, Shade grimpa dans la voiture, avide d'action et impatient de s'attaquer à un problème concret.

11

Il mit un certain temps à reconnaître la rivière. Cela faisait plusieurs minutes qu'il courait à côté, avant de réaliser que cette très grande nouille plate liquide sombre était la flèche qui pouvait le ramener à l'appartement. Mais se dirigeait-il dans la bonne direction ?

Jewel tenta de se repérer. Était-ce bien l'est, de ce côté ? Ou le sud ? Ici, pas d'arbre moussu qui lui permette d'y voir plus clair, c'était pile ou face. Ses joues étaient écarlates et des filets de sueur lui couraient sur tout le corps. Sa banane blonde dont il prenait tant soin était déformée par la direction artistique du désespoir.

Non, voilà le soleil. Là. C'est le soleil !

Ooh, la tête du type était salement amochée mais, peut-être que, malgré tout, il n'en était pas mort.

Mais, par là ! La maison est par là. Le soleil !

Il se remit à courir en dépit de ses poumons qui agrippaient son cœur. Il suivait la ligne de chemin de fer, parallèle au fleuve. Entre les rails et l'eau, les sous-bois étaient épais, mais de l'autre côté se dressaient des entrepôts aux vitres fêlées, pleins d'hommes avec leurs gamelles et de caissons à charbon couverts aux parois en treillis de bois. Trop de gens, dans ce coin. Et certains tournaient la tête vers lui. Ils avaient un air étrange.

Des papiers gras, poussés par le vent, battaient les rails comme des hurlements. De temps en temps, des visages soupçonneux émergeaient des broussailles et l'examinaient avant de disparaître de nouveau. Tout le paysage qu'il traversait était désormais très étrange.

Ils me détestent. Ils parlent. Ils me détestent et ils parlent.

Et je l'ai fait, c'est vrai.

Entre les traverses, ses pieds s'enfonçaient dans le gravier dans un vacarme qui rappelait les chaînes cliquetantes qu'il allait devoir s'habituer à traîner derrière lui.

Au moment où son cœur rompu de fatigue semblait sur le point de lâcher, il tourna à un virage. Il aperçut le dôme de cuivre terni d'une église et son antique croix noire plantée au sommet.

C'est là.

La tête fendue et les cartouches qui parlent me détestent toujours.

C'est fini ! C'est la maison !

Pete Ledoux descendait prudemment les marches de bois qui menaient au sous-sol, tête baissée pour ne pas se cogner au plafond. Certains événements peuvent réduire même les plans les plus méticuleux à un bourbier confus, avait-il appris aujourd'hui, et à présent, il comptait bien en donner la responsabilité à Steve Roque.

Mme Roque, une femme vive et plaisamment potelée, vêtue d'un jean et parée de bijoux, lui avait indiqué la porte qui menait au sous-sol. Dans une pièce aux murs de béton peints en vert qui sentait le renfermé, il repéra son patron en short et T-shirt de sport qui faisait des exercices, histoire de maintenir un tant soit peu d'ordre derrière la traître expansion de son ventre. Il lui exposa la situation, tandis que Roque se livrait à une série d'abdos.

Après en avoir exécuté cent, Roque se redressa. Ledoux avait terminé son récapitulatif fallacieux des événements de la journée et s'était assis sur une vieille chaise, patientant en silence.

Roque passa sa main dans ses cheveux gris et trempés, puis ramassa des haltères et entreprit de travailler ses biceps.

— Quel merdier, fit-il entre ses dents serrées, environ à la quinzième flexion.

— T'es vachement costaud, Steve, dit Ledoux quand il réalisa qu'il s'agissait de poids de quarante kilos.

— Fièvre rhumatismale, dit Roque. J'ai perdu presque tous mes cheveux à seize ans. Et depuis que je suis chauve, je me suis mis à la muscu.

— Ah, je sais pas… ça te va bien d'être chauve.

— C'est parce que tu m'as jamais vu avec des cheveux. (Roque reposa ses haltères.) Moi non plus, d'ailleurs. Enfin, pas en homme.

— Y a des femmes qui aiment les chauves, fit Ledoux en approuvant d'un hochement de tête son propre point de vue. Même si c'est pas des thons et qu'elles peuvent avoir un mec avec des cheveux, elles préfèrent se taper un chauve. J'ai déjà vu ça.

— Écoute, connard, fit sèchement Roque. Épargne-moi tes mots doux à la con, tu veux bien ? (Roque essuya la sueur de son visage et de sa nuque.) Ça stimule vraiment ma confiance en moi et tout, Pete, mais à ton avis, combien de nanas tu crois que j'vais pouvoir me faire, en taule ?

Roque balança sa serviette par terre et fixa Ledoux, qui détourna le regard.

— Ou alors, continuait Roque, tu te dis que je demande pas mieux que d'aller passer ma vie au pénitencier de Jeff City, puisque j'ai eu cette chance de perdre mes cheveux au lycée, et que maintenant c'est tendance d'être chauve ? Ce coup-ci, je serai plus le célibataire de mon unité, pas vrai ? Un tas d'amateurs de culs pâles demanderont pas mieux que de lustrer mon joli crâne chauve, t'imagines ?

Ledoux étudiait ses chaussures, le corps voûté par l'embarras.

— Là, tu commences à parler de manière pessimiste, Steve. Personne n'a rien sur nous dans cette affaire, *mon ami**.

— Le gosse te tient. Tu me tiens. C'est rien, peut-être ? (Roque se dressa, les jambes écartées, et donna une petite tape sur son ventre.) Un nœud coulant qui mène à un autre nœud coulant, et ainsi de suite.

— Bon, t'as raison. Le gosse est un problème.

— Le gosse est *ton* problème, connard. (Roque ôta son T-shirt trempé et le jeta vers la machine à laver au fond de la pièce.) Et *toi*, t'es le mien.

Le menton dans une main, et éventant l'air moite de l'autre, Ledoux rétorqua :

— Je vois vraiment pas *quel* problème je pose. À qui que ce soit.

— Tant que le gosse est un problème, t'es un problème.

— Le gosse va pas faire long feu.

— Et comment, dit Roque. Mais t'approche pas de lui. T'as suffisamment foutu le merdier comme ça, maintenant on peut plus l'approcher. Il est trop dangereux pour nous.

— Je pourrais peut-être demander à son cousin de s'en occuper. De se faire sa copine une ou deux fois, puis de lui plomber la tête. (Ledoux frétilla des sourcils, plein d'espoir, et inclina la tête vers Roque.) Et on maquille ça en crime passionnel banal, si le cousin a encore la bite humide, tu vois ? Ça pourrait marcher.

— Non. T'es pas mauvais pour les plans foireux, connard, mais je crois que je vais passer mon tour cette fois.

Roque se tenait sous l'unique ampoule et exécutait quelques étirements de gauche à droite. Le bas de son dos était creusé de sillons pourpres, et plusieurs petites cicatrices fines s'entrecroisaient sur sa poitrine.

— Où est-ce que tu t'es fait bouffer comme ça, dans le dos ?

— J'étais dans les Frozen Chosen*. En Corée. Douché par un mortier.

— Oh. C'est plutôt cool, franchement. Ils ont pas voulu de moi.

— Un problème au cœur ? Quelque chose comme ça ?

— Non. J'suis un escroc depuis le berceau. Ils veulent pas d'escroc autodéclaré. C'est ça que t'aurais dû leur dire.

* Expression qui désigne les membres de la 1re US Marine Division ayant combattu dans la bataille du Chosin Reservoir, fin 1950, pendant la guerre de Corée.

— Ouais. Mais en fait, à l'époque, j'étais pas vraiment un escroc. Pas encore.

— La guerre t'a fait mûrir, hein, *mon ami** ?

— Quelque chose l'a fait.

— Faut suivre la pente de son talent, dit Ledoux. C'est pas un péché.

Il désigna le torse poilu de Roque :

— Et ces égratignures sur tes tétons, là, elles viennent du même mortier ?

— Non. Elles, elles viennent de lames de rasoir, dans le quartier. J'avais raison, mais j'aurais mieux fait de me taire.

Après avoir terminé ses étirements, Roque s'assit sur le banc de musculation. Son visage était calme, détendu par l'exercice, et une sueur tardive dégoulinait le long de son nez.

— Je vais te dire ce que tu vas faire, merdeux. Et tu le feras.

— Tu sais bien que oui. Si c'est faisable.

— Je t'ai jamais pris pour Superman, crois-moi. Tu en es capable. On peut plus s'approcher du gosse et l'attraper dans le quartier. Tout le monde nous connaît, par ici. Alors, ce que tu vas faire, c'est téléphoner à Sundown Phillips et le rencarder sur notre bouseux de tireur. Dis que tu veux pas de malentendus juste parce que le gosse agit hors de Frogtown.

— Pourquoi je ferais ça ?

— Pauvre débile. Ça me fait même pas rire, tu sais ? Sers-toi de ta putain de tête, tu veux bien ? T'as entendu dire que le gosse l'a fait, genre vol à la tire, et tu le livres au nom de la paix, c'est tout.

— Mais ils vont venir le descendre.

— Sans blague ? Je t'ai dit, ces derniers temps, à quel point je te trouvais con ? Sans blague, Pete… on aura de la chance s'ils le descendent.

Ledoux se leva, les jambes mal assurées, et hocha la tête vers son patron.

— C'est toi le chef, fit-il. Je vais le faire. Mais j'aime autant te dire que ça me plaît pas beaucoup d'aller demander à des Négros de descendre à Frogtown pour tirer sur un Blanc.

— Grandis un peu, Ledoux. Vire ces Négros de tes cauchemars et grandis. Les affaires sont les affaires.

— Je t'entends, mais j'aime pas ça, de les laisser venir ici pour tuer un Blanc. Ça pourrait être le début d'un mouvement. J'aime pas ça. Mais je vais le faire parce que tu m'as dit de le faire. (Il se détourna de Roque.) Rien d'autre pourrait m'obliger à faire ça.

Roque s'allongea sur le banc et abrita ses yeux derrière ses mains.

— À plus tard, Pete. C'est l'heure d'aller appâter et de ferrer profond. Fais gaffe à pas tomber.

L'intérieur de la voiture était encore en train de cuire, et tout le liquide que contenait son corps semblait lui dégouliner dans le cou. Ledoux roulait le long de la rue pavée où les voitures étaient garées en tas contre le trottoir, où les mômes jouaient à une forme de base-ball de rue entre les voitures qui passaient. C'était là : des rangées de vieilles maisons en briques, des voyous athlétiques et nonchalants, des voitures vieilles de douze ans, et des déchets antiques.

Son quartier. Ledoux avait défendu ce territoire de nombreuses fois dans sa vie, des souvenirs qui remontaient aussi loin que ses dix ans, quand les Allemands du quartier sud avaient fait une descente à bord de trois voitures pour se venger d'un léger accroc fait à leur orgueil, et oublié depuis. Ce jour-là, il avait eu le poignet cassé d'un grand coup par une sale gueule de Hollandais d'au moins quinze ans, deux fois plus gros que lui, et pas trop porté sur le fair-play. Il y en avait eu beaucoup d'autres, des journées et des nuits comme celle-là, qui en s'empilant formaient une vie.

Et aujourd'hui, il allait proposer au Pan Fry de tirer un trait sur les vieilles querelles et de descendre sur Frogtown pour aligner un homme blanc. Ou deux, ou trois. Oh, comme les choses changent.

Mais, mieux vaut lui que moi. Ça, ça ne changeait pas.

Un jour, il ferait en sorte que personne ne puisse le traiter comme le faisait Roque. C'était le projet d'une vie. Mais les affaires passaient avant.

Il sortit de la voiture devant une cabine téléphonique située en face de la boutique de spiritueux de Langlois. Les gonds grincèrent lorsqu'il poussa la porte pour entrer dans la cabine. Les parois étaient prodigieusement décorées de dictons d'ivrognes, d'insultes et de plusieurs numéros de téléphone gribouillés hâtivement mais hautement recommandés. Il songea à sa conversation avec Teejay Crane, huit ou dix jours plus tôt.

— Écoute, avait fait Ledoux tandis qu'ils s'engouffraient dans le hall du cinéma de Crane. Roque te tient. Je ne sais pas comment tu t'es débrouillé, mec, mais il te tient.

Le nez de Teejay avait l'arête fuselée, mais s'évasait à la base.

— Un frère m'a balancé, dit-il. C'est tout ce que Steve a contre moi.

— Je pense pas que ce soit tout, dit Ledoux. Je crois que tu lui dois de l'argent que tu lui as pas rendu. Steve est un sensible. Il aime pas qu'on la lui fasse à l'envers.

— Personne n'aime ça.

— Si, toi apparemment, dit Ledoux. Tu t'es endetté pour monter un petit trafic de coke et un live-show sexuel dans cette boîte, seulement Sundown De-quoi-j'm'occupe apprécie pas beaucoup tes activités en free-lance. Ton indépendance le dérange. En fait, c'est même pour ça que Roque te rançonne. Enfin, tu te fais serrer par les flics, qui ont l'air de savoir exactement ce que tu manigances et où. Et là, t'es en train de me dire que t'es pas trop sûr de vouloir arranger les choses. (Il agita l'index sous le nez de Crane.) Ça, pour moi, c'est le signe qu'un mec a un peu envie qu'on la lui fasse à l'envers.

Crane s'appuya à la rampe de l'escalier pour soulager sa jambe droite abîmée. Sa chevelure noire avait des touffes poivre et sel, et il avait l'air de n'avoir pas très bien dormi ces derniers jours.

— J'avais besoin de ce fric pour graisser les rouages, fit-il. Sundown est un Négro mesquin. Il me laissait pas être à mon compte. Parce que tu comprends, ma petite affaire empêcherait deux ou trois *cents* de retomber dans ses grandes poches. Alors il fallait bien que je graisse la patte de mon côté, jusqu'à Alvin Rankin.

— Que tu crois.

— Je le sais. Je le sais parce qu'Alvin m'a appelé pour me prévenir à mi-voix qu'on allait me tomber dessus. Il a aussi dit qu'il pouvait rien faire pour moi. Qu'il avait d'autres chats à fouetter. (Crane soupira et secoua la tête.) Pour moi, ce mec est une vipère comme les autres. On vote pour lui, et il se dépêche d'oublier d'où viennent les voix. Il aurait pu me soutenir, mais Sundown a fait pression sur lui pour qu'il me laisse tomber. Je suis sûr que ça s'est passé comme ça.

— Ouais, dit Ledoux, je compatis, Crane. Y a pas de doute, j'en ai les larmes aux yeux. Mais si tu tiens à plus m'avoir sur le dos, t'as intérêt à mettre les choses au clair. Surtout avec Steve. Il préférera toujours buter un traître que manger de la chatte, si tu vois ce que je veux dire.

— Oui, je comprends bien, mais essaye de voir les choses de mon point de vue.

— Tout ce que je vois, c'est un mec qui a des ennuis et qui fait rien pour s'en tirer. Rankin t'a arnaqué, pauvre con.

Crane se raidit.

— Ouais, dit Ledoux, pauvre con. T'es qu'un connard. Le mec t'arnaque pour mieux t'enfoncer, et tu préfères mourir que lui rendre la pareille. Parce que, tu le sais que tu vas mourir, non ? Si tu nous débarrasses pas de Rankin.

— Je m'en doutais.

— C'est un fait.

Crane se dressa et se dirigea vers la porte.

— J'irai parler à Steve, dit-il. Je sais que je suis dedans jusqu'au cou.

— Toi et toute ta putain de famille.

Mais à présent Crane n'était plus dans rien du tout, songeait Ledoux, morose, en jetant ses pièces dans la fente du téléphone et composant le numéro. Il se sentait encore plus mal qu'il ne l'avait été toute cette putain de journée.

À la troisième sonnerie, quelqu'un décrocha.

— Constructions Phillips. Powers Jones à l'appareil.

— Je veux parler à Phillips.

— Pas là. C'est qui ?

— Personne.

— C'est Pete Ledoux, hein ?

— Et alors ?

— Si t'as quelque chose à dire, dis-le.

Il y eut un long silence. Un silence assez long pour mettre de côté plusieurs décennies.

— Ouais. J'ai quelque chose à dire. Tâche de pas oublier de rapporter ça à Phillips. Ce que j'ai à dire, c'est que…

12

La foule se pressait, jusqu'à buter sur le cordon de police de trois voitures noir et blanc, avec une expression partagée entre l'horreur et la curiosité. Ils se décrochaient la mâchoire devant la dépouille de Teejay Crane, tous unis par leur penchant pour le malheur des inconnus.

À 5 h 46 de l'après-midi, les inspecteurs Shade et Blanchette arrivèrent sur la scène de crime. Ils s'approchèrent du groupe de policiers en uniforme et d'inspecteurs en bras de chemise qui entouraient le corps. Un des policiers sur le départ attrapa Shade par le bras.

— Bon sang, quel bazar, fit le jeune homme.

— C'est la première fois que tu vois de la cervelle ? demanda Blanchette.

— À autant d'endroits différents, oui.

L'inspecteur Tom Gutermuth, un homme tavelé et tranquille affecté aux affaires de vol, était arrivé le premier sur les lieux, et dit à Shade qu'il n'y avait en fait pas grand-chose à dire. Un blondinet coiffé à la Elvis, un fusil à canon scié, à bout portant, deux coups. On avait retrouvé l'arme et des voitures patrouillaient à la recherche du tueur. La victime était le propriétaire et directeur du cinéma Olde Sussex Theater, et il y avait des témoins.

— Un prince du porno, dit Blanchette.

— Exact, dit Shade. Je suppose qu'on va embarquer tous ceux qui portent des imperméables tachés.

— Avec du PQ collé aux semelles.

Rester debout à scruter le cadavre ne risquait pas de les avancer, aussi Shade décida-t-il de faire ce à quoi il était le meilleur : pister le danger à travers les rues mal fréquentées et les ruelles fuyantes de Saint-Bruno. L'action, au moins, permettrait peut-être de faire ressortir des choses que la contemplation laissait filer.

Blanchette resta sur place, et Shade s'éloigna seul, à pied.

Le tireur blond avait fait très forte impression, pas de doute. Son passage était resté gravé dans les mémoires et Shade n'eut pas la moindre difficulté à reconstituer son trajet depuis l'Olde Sussex jusqu'à la 2e Rue. Il n'avait qu'à cogner aux fenêtres et demander aux traînards s'ils avaient aperçu un petit Blanc paniqué avec de la folie dans le regard. Le quartier avait beau abriter un mélange de races, l'ambiance était noire. Les échos des basses frémissantes qui s'échappaient des chaînes hi-fi alentour avaient une tonalité artistique sépia, et les voix, même celles des résidents les plus pâlichons, sonnaient noires. Ils se souvenaient toujours du blond, mais ils parlaient peu, se contentant de pointer du doigt "par là-bas" en direction du fleuve.

Shade se mit à descendre les rues au petit trot, conscient qu'il avait une bonne heure de retard. Les magasins étaient fermés, et ne restaient ouverts que les bars, les magasins

Woolworth et les salles de jeux d'arcade. C'est là qu'il s'arrêta pour poser quelques questions, offrant ainsi à chaque petit malin en devenir et petit dur à cuire naissant la possibilité de se définir par sa réponse. Drôleries adolescentes et insolence peu originale. Shade n'avait pas de temps à perdre à ça, aussi repartit-il vers le fleuve, à grandes enjambées cette fois.

Ses pas le ramenaient vers la limite de Frogtown. Apparemment, le blond avait pris la direction du fleuve, et une fois arrivé là, il n'avait pu aller qu'au sud, ou au nord vers Frogtown. Sa longue expérience et son instinct dictaient à Shade de tenter sa chance au nord.

Rousseau Street longeait le fleuve. Une rue d'entrepôts, de foyers miteux et de missions dédiées à Jésus, peuplée de poivrots, de malchanceux perpétuels et d'un ou deux individus à peu près saints. Des caissons à charbon s'alignaient le long des rails et servaient de refuge à ceux de ces trimardeurs qui n'avaient pas de quoi s'offrir une chambre et refusaient de se parjurer en acceptant Dieu pour un bol de soupe et un lit aux draps verts. Dans la lumière lugubre de ce quartier, le darwinisme urbain était à l'œuvre, et les vicieux triomphaient armés de leur rage sans limite, tandis que les faibles s'enfonçaient, dans le plus grand silence.

Shade s'approcha d'un quartette d'hommes liés par le même cocktail de colères mesquines et de narcissisme meurtri. Deux d'entre eux étaient déjà gris, les traits érodés par le temps, et les deux autres en seraient bientôt là.

— Un blond est passé par là, dit Shade. En courant, probablement. Vous l'avez vu ?

— J'ai vu personne que j'avais *envie* de voir depuis que Glenn Miller est mort, répondit l'un des plus gris.

— Un blond, hein ? intervint l'un des moins gris. Blond. Mon ami Terry est blond. Genre blond sale. Je l'aime bien, il m'aime bien. Mais il vit à Memphis, vous voyez. C'est pas ici.

— En effet, dit Shade. (Il se tourna vers celui qui avait l'air le plus jeune.) Vous avez vu le gosse dont je parle ?

L'homme secoua la tête.

— J'vois jamais rien, dit-il. Par principe.

— Je l'aurais juré, dit Shade, et il repartit à bonne allure.

Un peu plus loin dans la même rue décatie, en se rappelant les matins de son enfance où l'activité sportive consistait à tourmenter à coups de cailloux et de railleries les tocards comateux qui dormaient dans les bois le long du fleuve, Shade songea à fouiller ces bois. Il s'arrêta au niveau du Saint Ordre de l'Homme, un foyer catholique miteux, et décida finalement que mener à bien une telle entreprise exigerait un nombre trop important de rabatteurs.

Il entendit quelque chose cogner et, se retournant, il vit un homme aux larges cernes violacés lui faire signe depuis la porte d'entrée du Saint Ordre.

— Vous êtes de la police, dit l'homme avec une voix râpeuse. (Sa peau était d'une pâleur maladive, ou bien ascétique, et son crâne avait été récemment rasé.) Vous êtes là debout, à rien foutre, et je me suis dit : "Cet homme est de la police." (L'homme gratta une allumette le long d'un volet et alluma une cigarette.) J'ai raison ?

— Comment avez-vous su ? demanda Shade, bien que la capacité à repérer les flics ne soit pas, à sa connaissance, un don si rare que ça.

— J'suis un frère convers, fit l'homme en exposant ses dents jaunes. Mais à une époque, je pouvais entrer chez vous par la fenêtre du premier étage et ressortir avec le poste de télé et toutes vos capotes, pendant que vous pissiez votre bière. Et puis, un jour, un citoyen a mal clouté sa gouttière et je suis tombé. (Il souffla un nuage de fumée et hocha la tête.) J'ai été arrêté, mais je me suis réveillé illuminé par la Présence de Dieu.

— Ses voies sont impénétrables.

— Des clous pourris.

— Je cherche quelqu'un.

— Sans rire ?

— Un blondinet, en fuite.

— Il a fait des trucs moches ?

— Oui, dit Shade. Très moches.

— Eh bien, le Seigneur ne l'en aime pas moins, j'en suis sûr.

— Le Seigneur aurait mieux fait de l'en empêcher.

L'homme inhala en sifflant, puis il haussa les épaules et exhala un serpent de fumée.

— Le Seigneur n'est pas si possessif que ça, dit-il. Et c'est ce qu'il y a de bien avec l'amour que notre Seigneur nous porte, vous savez. Il n'est pas du tout ce qu'on appelle "collant", au contraire, Il est plutôt détendu face à tout ça.

— Hmm, grogna Shade. J'avais remarqué.

— Mais je suis un homme nouveau, maintenant. Et je vais même vous dire quelque chose, *à vous*. J'ai vu le pécheur que vous cherchez.

— Vers où il allait ?

L'homme montra le nord, le long des rails.

— Par là-bas. Il a vu le Diable. C'était dans son regard, et il titubait. (L'homme fixa Shade droit dans les yeux et hocha la tête.) J'avais encore jamais beaucoup aidé la police, et vous savez quoi ? Je me sens pas tellement mieux, flic.

— Mais continuez quand même jusqu'à la fin de votre conditionnelle, d'accord ?

Shade s'éloigna à vive allure. Il n'était qu'à quelques blocs de Frogtown et il franchit rapidement la distance. À plusieurs reprises, il croisa des gens qui, devinant l'objet de sa course, s'arrêtaient et lui désignaient le nord, le nord du quartier dans lequel il avait passé sa vie entière. Une traînée de maisons et de souvenirs, d'échecs et de triomphes rances, un petit arpent de terre qu'il connaissait peut-être mieux qu'il ne connaissait son propre père.

Et qui avait fait plus que ce dernier pour guider ses pas.

13

Powers Jones, le tireur au teint caramel dont les vêtements s'ornaient d'un motif fleuri dans le style “mers du Sud”, descendait Voltaire Street comme un ouragan furtif. Il fit une halte au Chalk & Stroke. La porte était grande ouverte, dans l'espoir d'inviter un souffle d'air, mais cela n'attirait que les mouches. Powers s'arrêta sur le seuil pour scruter la foule. C'était ce genre de salle de billard où il fallait pouvoir serrer la main de l'air ambiant avant de le respirer, et l'épaisse fumée rendait ça possible. Power Jones n'y vit rien qui fût susceptible de l'intéresser, aussi reprit-il son chemin.

Un break Ford suivait lentement l'inconnu des tropiques, prenant soin de rester quelques mètres derrière lui. De temps en temps, Powers adressait un signe au véhicule, puis secouait la tête. Il finit par s'arrêter en face d'un salon de coiffure minable, et leva les yeux vers la fenêtre délabrée en surplomb derrière laquelle dans le crépuscule luisait une unique lampe. Il fit signe à la Ford de se garer quatre ou cinq voitures plus loin, où il la rejoignit.

Il ouvrit la portière arrière et se plongea sur le siège. Deux jeunes Noirs étaient assis à l'avant. Powers posa les coudes sur le dos du siège et se pencha vers eux.

— C'est là, dit-il. La piaule du bouseux. Allez mériter votre pognon.

Le conducteur inspecta la rue d'un pivotement de son cou raide avec tant de flegme qu'il en paraissait presque paralysé. Son complice, manifestement nouveau dans cette bande chaotique, affichait une nervosité évidente.

— Je fais le guet à la porte, fit-il. Ça, j'ai déjà fait.

Powers Jones alluma une Salem et se laissa aller en arrière sur son siège.

— Je ferai ce qui doit être fait, dit-il. Alors, détends-toi, Thomas. On bouge pas tant qu'on n'est pas sûr que le p'tit Blanc est là, de toute façon.

— La lumière est allumée, dit Thomas.

— Ouais, eh bien, c'est peut-être pour décourager les voleurs. On attend jusqu'à ce qu'on soit certains qu'il y est.

— Et c'est quand, ça ?

— Hé hé, ricana Powers. Dès que cet imbécile de Blanc pointe son nez à la fenêtre. Et il le fera, s'il est là, parce qu'il est sacrément nerveux et qu'il doit être profondément stupide. Hé hé.

Powers Jones cala ses deux pieds devant lui, de telle manière qu'ils ballottaient entre les deux apprentis.

— Tellement con que *tout le monde* veut sa peau.

Suze s'appuya contre la porte de la salle de bains et cogna une nouvelle fois. Elle portait son maillot de bain bleu deux pièces avec les pois blancs qui jonglaient quand elle marchait. Elle se pencha sur la poignée de la porte comme s'il s'agissait d'un Interphone.

— Allez, chéri, quoi…, fit-elle. Sors de là. C'est ton plat préféré… poisson pané et gombos frits.

Pas de réponse.

— T'es malade ? T'as pas l'air bien. Arrête de manger dans les cafés du coin. Je les vois nourrir les chats, le soir, mais ils ont pas une tête à le faire par gentillesse. Mange plutôt ce qui est emballé. C'est plus hygiénique.

Il était rentré une demi-heure plus tôt, les cheveux emmêlés comme un nid d'oiseau, le visage rouge sang aux endroits où il n'était pas déjà livide et les vêtements complètement trempés. La première chose qu'il avait faite avait été de prendre son pistolet dans la commode. Suze lui avait demandé ce qui se passait. Il avait souri d'une telle manière qu'elle en avait eu le cœur retourné.

— Oh, j'vais juste vérifier quelque chose, c'est tout.

Depuis, il était dans la salle de bains, silencieux.

— Écoute, Jewel, je dois le jeter, ou quoi ? Ça va pas rester croustillant longtemps, tu sais.

Le loquet émit un craquement et la porte s'ouvrit. Jewel s'était repeigné et lavé le visage, mais ses yeux tressautaient.

— Ah, voilà enfin mon chéri, dit Suze en se jetant à son cou.

Elle se pressa lascivement contre lui, frottant ses seins à sa poitrine. Sa cuisse gauche se faufila dans l'invitation de ses jambes écartées, et elle joignit de force son entrejambe au sien.

— Hmm.

— J'ai pas mangé de chat, fit-il, rigide. C'est horrible.

— Bien. Très bien. Je t'ai préparé ton plat préféré.

Suze se mit à onduler avec ardeur contre les zones sensibles de son corps, puis elle porta un doigt à sa bouche pour essayer d'être attirante.

— Mon chou, ce matin, tu m'as mis un tas d'idées dans la tête. Et elles me sont restées toute la journée. Ça fait que ton petit magnolia il en est, tu sais, un peu humide.

Jewel posa la main sur le pistolet glissé dans sa ceinture, puis il repoussa Suze doucement.

— J'suis pas malade.

Suze émit un gloussement.

— Pour être franche, je l'ai un peu aidé à sécher avec mes doigts, parce que je savais pas *quand* exactement t'allais rentrer. (Elle se rapprocha de lui et tendit son visage vers le sien.) Deux fois. Et je commençais même à jeter des drôles de regards à la bouteille de ketchup.

Elle rit.

— Je crois pas que je pourrai manger, fit Jewel en détournant la tête. Y a des choses dans ce monde qui vont vraiment te choquer, petite.

— Oh, Jewel, gémit Suze en retournant vers le canapé. Qu'est-ce qui t'arrive, là ?

Elle se laissa tomber sur la banquette, consciente que ses projets pour la soirée étaient annulés.

— Qu'est-ce qu'il y a ?

— Des affaires d'hommes.

— T'as rencontré une nana qu'a une voiture, c'est ça ?

— Je t'ai déjà dit, petite, des affaires d'hommes.

— Eh ben, ça m'aide pas vraiment beaucoup, pas vrai ? Je veux dire, t'as été jouer au base-ball, ou tirer des lapins, autre chose ?

Jewel s'approcha de la fenêtre et passa la tête entre les rideaux. Le soleil n'était pas encore couché et la rue était pleine de monde, mais personne qui l'intéressait. Il revint vers le canapé et s'assit sur un des bras épais et rembourrés.

— T'as volé quelque chose, chéri ?

— Pose pas de questions.

— Tu l'as déjà fait, et tu t'es pas fait prendre. Sois pas tout inquiet pour ça. Il y a bien plus de voleurs par ici que chez nous. Ils penseront même pas à toi.

Jewel tira le pistolet de sa ceinture et le posa à côté de lui sur le canapé. Il aperçut sa guitare par terre, avec la corde du *mi* pétée, là où elle avait atterri quand il l'avait projetée à travers la pièce le matin même. En la contemplant, il glissa dans ses pensées, avec un doigt immobile le long de son nez.

— Jewel. Dis-moi ce qui se passe.

Il cligna des yeux à plusieurs reprises.

— On n'est pas mariés, finit-il par dire. Ils pourraient te faire parler.

— Mais je le ferai pas. Je ferai jamais ça.

— Ah ouais, dit Jewel, avant de se relever. D'accord. (Il se mit à arpenter la pièce, puis pila brusquement.) Est-ce que tu sais quelque chose que tu devrais pas ? Qu'est-ce que tu sais ?

Un *boum* soudain se fit entendre, provenant de la porte de l'appartement, suivi d'un second, puis la porte tituba et bascula en avant. Puis un bouquet de fleurs abritant un homme s'avança en pointant un pistolet à long canon.

Jewel se précipita à l'arrière de l'appartement. Il y avait une fenêtre aux vitres fumées qu'il n'avait jamais réussi à lever, et il ignorait sur quoi elle donnait, mais une peur finement ajustée le propulsa instantanément dans sa direction.

— Personne ne parle, prévint Powers Jones, et il tira un coup au hasard en direction de Jewel.

En glapissant, Suze roula sur le dos, recroquevillée sur le pistolet, son minuscule maillot tendu de toute part.

Powers Jones pointa son arme sur elle.

— Oh, oui, fit-il, puis il fila sur les traces de Jewel.

Thomas passa la porte, un automatique chromé à la main. Ses pieds se déplaçaient comme s'il était en train de piétiner un feu de prairie, et son arme visa au moins une fois chaque objet de la pièce.

Naturellement, cette saleté de fenêtre refusait de s'ouvrir, comme Jewel s'en était douté, même pour une question de vie ou de mort, et tout ce qu'il avait à portée de main était une poêle à frire enduite d'une couche de graisse de porc solidifiée. Il la saisit par la queue et se mit à en frapper la fenêtre à coups redoublés, s'éclaboussant la poitrine et les bras de saindoux et d'éclats de verre.

— Il a sûrement un flingue, beugla Thomas. Fais gaffe !

Lentement, Powers Jones longea le mur du couloir obscur, à l'affût de la rencontre d'un dixième de seconde qui mettrait fin à l'affaire et lui permettrait, à l'avenir, de revoir ses honoraires à la hausse.

La poêle à frire frappait et du verre se brisait.

Le pistolet faisait pression dans le bas du dos de Suze, jusqu'à ce que sa main finisse par le trouver, et un instinct de combat primaire s'empara d'elle. Le Négro aux fleurs était très certainement le plus dangereux, comprit-elle en une seconde, et elle roula au bas du canapé, consciente du miracle de la vie, et arrosant de balles le coin où se tenait le péril le plus accessible.

Les balles fouettèrent les murs du couloir et vinrent creuser des sillons dans le plafond, tandis qu'une fine brume de plâtre retombait.

— Elle tire ! hurla Thomas. Liquide-la !

Powers Jones se retrouva soudain haletant à plat ventre sur le parquet du couloir obscur du taudis d'un péquenaud blanc tueur de Nègres, avec un minable comme partenaire et une racaille blanche qui essayait de l'éliminer en misant sur la chance.

— Aide-moi un peu ! beugla-t-il. Putain de merde, Thomas ! Elle est juste à côté de toi !

Pas de réponse.

— Thomas !

Il y avait un verrou à la porte de la salle de bains – toute fille qui s'est déjà refait une beauté sait au moins ça –, et les verrous, ça empêche les gens d'entrer. D'un bond acrobatique, Suze parvint jusqu'aux chiottes, elle claqua la porte et poussa le verrou. Face à la porte, elle se laissa glisser entre le lavabo et les toilettes, jambes écartées et le pistolet posé sur ses cuisses.

Powers Jones se mit à genoux et s'octroya un court répit.

La fenêtre donnait sur l'arrière-boutique du salon de coiffure du rez-de-chaussée. Des éclats de verre acérés pointaient encore dans l'encadrement, mais Jewel se précipita au travers avant de chuter de près de deux mètres jusqu'au toit en contrebas. Il était déchiré des deux côtés, mais les coupures ne le faisaient pas souffrir, moins en tout cas que le choc de la réception.

Abandonnant tout semblant de calme et de discrétion, Powers Jones fonça jusqu'à la fenêtre de derrière et se pencha au-dehors. Il tira à deux reprises sur Jewel et le regarda rouler hors de son champ de vision. Une femme aux cheveux bleus, qui admirait debout dans la rue sa nouvelle permanente dans un miroir de poche, fixait maintenant la fenêtre en grimaçant.

— Dégagez de là ! hurla-t-elle.

Les yeux de Powers croisèrent les siens, puis il secoua paresseusement la tête.

— Oubliez ça, fit-il.

Il retourna vers l'entrée de l'appartement. Thomas était à présent dans la pièce et brandissait son pistolet en direction de la porte de la salle de bains.

— Là-dedans, dit-il. Elle est là-dedans.

De son regard le plus méprisant, Power Jones toisa le jeune homme, puis il passa rapidement devant lui et sortit.

— Hé, attends mec, dit Thomas. J'ai surveillé la porte, non ?

Son regard indécis allait des chiottes à l'entrée, et il finit par loger trois balles dans les chiottes. Le bois vola en éclats, quelque chose de lourd se brisa, et il y eut un cri aigu suivi d'un gémissement plaintif. Thomas sortit de l'appartement à reculons, de peur que l'animal blessé ne revienne l'attaquer, son pistolet prêt à tirer. À la porte, il se retourna pour voir qu'on était en train de le laisser en plan. Il frissonna et se mit à courir.

14

ÇA ne peut être que du vaudou, songeait Jewel. Une espèce de vaudou relié aux nuages, ou aux pigeons de la ville, peut-être. En tout cas, de la magie de Négro était à l'œuvre, c'est certain – comment ils auraient fait pour me retrouver si vite, sinon ?

Jewel descendait la ruelle d'une démarche originale qui avait la discrétion d'un chœur de comédie musicale et la rapidité d'une diva parano. Courir, s'effondrer, chercher un abri, regarder vers les toits, puis se relever et courir encore un peu.

Les blessures de ses flancs n'étaient pas vraiment douloureuses, mais de temps à autre une douleur cinglante l'éperonnait. Il y porta les mains, une à chaque poignée d'amour, et tenta d'arrêter le saignement. Pour des coupures presque indolores, elles coulaient sacrément.

La nuit commençait à jeter sur la ville son voile d'obscurité protectrice, mais Jewel ne passait pas inaperçu. Les trottoirs grouillaient de personnes qui avaient toute leur vie regardé ailleurs en notant tout de même le style de chaussures et le potentiel de portefeuille d'individus qu'ils n'avaient jamais vus de leur vie, monsieur l'agent. Je vous le jure.

Jewel se méfiait de tout le monde. Des gouttelettes de sang perlaient au bout de ses doigts et, les yeux rivés au sol, il les regardait s'écraser sur le béton. À plusieurs reprises, il s'arrêta devant la trajectoire du contenu de ses veines arrosant le trottoir. Il restait là, désespéré, tandis que les gouttes se formaient, puis, tout doucement, il se balançait de façon à ce que le sang tombe sur un mégot de cigare, un éclat de verre ou une fissure du trottoir.

L'atmosphère était vraiment bien trop étrange par ici de toute façon. Les gens passaient à côté de vous en détournant la tête, mais ils savaient parfaitement que vous étiez en fuite. Levez la tête, et vous les verrez se retourner sur vous. Tombez, et ils s'approcheront. C'est comme ça qu'ils sont. Ça se sent.

Lorsque Jewel eut traversé trois rues en direction de l'est et qu'arroser le trottoir de son sang eut perdu de son attrait, il s'adossa à une cabine téléphonique pour souffler. Il essayait de réfléchir, mais il n'osait plus tirer de conclusions. Ses propres idées lui semblaient désormais faibles et malhabiles – les avoir crues solides et percutantes avait été sa plus grossière erreur. Ces pensées tournaient en rond dans sa tête, et les soupçons qu'il nourrissait sur ses propres facultés le paralysaient. Il se frappa le front de ses mains ensanglantées, se demandant de quel côté allait son esprit.

Jewel ôta sa main de la vitre de la cabine et vit l'empreinte ensanglantée de sa paume gauche. Alors qu'il levait le coude pour l'effacer, une idée tapie dans les bas-fonds de sa conscience se matérialisa soudain, le paralysant d'étonnement. C'était la seule chose à faire à laquelle il pouvait penser, et lorsque ses mains s'enfoncèrent dans ses poches, il constata qu'il avait de la petite monnaie sur lui. L'annuaire téléphonique n'avait pas été arraché de la cabine, et ça aussi, c'était plutôt de bon augure.

Jewel retrouva le numéro et le composa de ses doigts tremblants.

À la sixième sonnerie, une femme vint répondre sur un ton qui rappelait celui d'une grande ville.

— Les billards de Kelly. Kelly à l'appareil.

— Hein ? Qu'est-ce que c'est, ça ?

— Vous cherchez qui, l'ami ?

La main libre de Jewel tentait de calmer son esprit en triturant ses cheveux.

— J'ai trouvé votre numéro dans l'annuaire ! Je cherche Pete.

— Pete ? Oh, Pete le joueur de snooker ? Oui, il est là d'habitude, mais pas en ce moment.

— Vous savez où il habite ?

Le rire de la femme plongea Jewel dans la nostalgie des routes de campagne, avec leurs petits magasins, leurs femmes polies et les shérifs accommodants qui ferment les yeux le samedi soir.

— Espèce de crétin, finit-elle par dire. C'est ici qu'il habite.

— C'est bien le numéro que j'ai fait.

— C'est Cobb à l'appareil ?

Oh, non, songea Jewel.

— Pourquoi vous voulez savoir ça ?

— Parce que Pete le joueur de snooker te cherche, connard. Voilà pourquoi.

La femme s'interrompit un instant, puis reprit avec plus de sollicitude :

— Tu viens d'où, Cobb, au fait ?

Cette voix soudain amicale replongea Jewel dans sa mélancolie.

— D'un joli petit coin qui s'appelle Willow Creek.

— C'est vrai, ça ? Eh ben, à en juger d'après toi, ça doit être un sacré nid à cons.

— Écoutez, m'dame, fit Jewel d'une voix peinée. Qu'est-ce que vous avez contre moi, exactement ? Vous me connaissez même pas, alors pourquoi est-ce que vous êtes si méchante ? Je pourrais très bien être le portrait craché de votre oncle préféré, vous savez ?

— Pauvre lapin, fit-elle. Je suis Peggy, la femme de Pete, et je suis la copine de personne qui copine avec lui.

— Ah. Mais je suis pas un ami à lui, j'essaye de le joindre, c'est tout.

— Essaye le Catfish.

— Le quoi ?

— Le Catfish Bar. Sur Lafitte Street, près du fleuve. Il y est sûrement en train de polir le comptoir en levant le coude, à moins que j'me trompe, ce qui est peu probable.

La tonalité du téléphone résonna dans l'oreille de Jewel, mais il n'en dit pas moins merci avant de raccrocher de son côté.

15

Pas loin du croisement de Lafitte et de Clay, Shade aperçut un petit homme ténébreux en qui il reconnut Claude Lyons. Lyons était assis sur le capot d'une Toyota ébréchée, garée devant le perron d'un immeuble en pierre blanche, et il sirotait une bouteille de soda.

Shade vint s'asseoir à côté de lui, les bras croisés.

— Comment ça va, Claude ?

Lyons leva vers lui son visage émoussé, fendu d'un quasi-sourire. Ses cheveux, une masse spongieuse, étaient châtain foncé et son corps, court et trapu.

— Salut, René. Alors, tu quadrilles le quartier ? Moi qui croyais que t'avais pris du galon dans ce monde.

Shade opina, bien qu'il n'eût pas parfaitement tout compris.

— Elle est morte ? demanda Lyons.

— Qui ça ?

Après une rasade de son soda sans sucre, Lyons tourna un visage morose vers Shade.

— C'est les Négros, paraît. Moi qui croyais toute cette merde morte et enterrée. Si elle est bien morte, j'veux dire. Dis-moi, toi.

— De quoi tu parles, Claude ?

— De la fille sur Voltaire Street que les Négros ont descendue. (Lyons posa une main sur le bras de Shade et s'appuya à lui.) Tu peux m'le dire, à moi… c'est vrai qu'elle était en cloque ?

— Où c'était ?

— Là, à côté, sur Voltaire, mec. T'étais à la pêche ou quoi ? Tout à l'heure, un plein bus de Négros est descendu et ils ont assassiné une fille enceinte là-bas. La balle a traversé la tête du bébé, sont morts tous les deux.

— T'es bien sûr de ça ?

— Je l'ai entendu dire par Leo, au magasin.

— Je ferais mieux d'aller voir moi-même.

— Sans blague, mec, fit Lyons. Et, crois-moi, René, personne est vraiment ravi que cette merde recommence. J'croyais que c'était réglé tout ça.

Shade descendit rapidement vers Voltaire Street, tous ses sens à l'affût de la moindre bizarrerie – de sinistres coïncidences étaient manifestement à l'œuvre. Il y avait eu plus de coups de feu sur ce très court laps de temps que Saint-Bruno n'en avait essuyé depuis 1967, à l'époque où Auguste Beaurain avait débarrassé Frogtown d'une clique de comploteurs ritals venu de Saint-Louis. Et au moins, *ce* combat-là était-il né d'une sorte de sens civique, quoique perverti, dont l'actuel carnage était totalement dépourvu.

Les clients blasés du Chalk & Stroke étaient toujours debout sur le trottoir, en train de jauger la valeur de l'action qui venait de se dérouler de l'autre côté de la rue. Ils s'agglutinaient là en petits groupes mornes, ces archivistes volubiles de la légende du quartier, absorbant tout pour régurgiter plus tard d'innombrables versions retouchées de l'événement. Shade passa au travers et perçut des éclats de voix rageurs appelant à la vengeance.

Deux flics en uniforme se tenaient devant l'étroite porte qui menait à l'étage, entre le salon de coiffure de Connie et le magasin d'antiquités Olde Frenchtown.

Tandis que Shade approchait, How Blanchette apparut au bas des marches. En voyant Shade, il commença par secouer la tête, puis leva au ciel ses mains épaisses comme des jambons.

— Je t'ai cherché partout, Shade. Il se passe des choses, chéri, et nous, on dirait bien qu'on a aucune idée de ce que c'est.

— Qu'est-ce qu'il s'est passé ? Un type m'a arrêté sur Lafitte Street pour me dire qu'une fille s'était fait buter par ici.

— Nan, fit Blanchette.

— Par des Noirs.

— C'est à peu près tout ce qu'y a de vrai. Mais la fille, une fille de ferme du type à mettre des culottes à pois, avec des nénés gros comme ta tête, elle en mourra pas. Elle est couverte de sang, mais c'est pas si grave que ça.

Shade montra l'étage du doigt :

— Quelque chose à voir, là-haut ?

— Du sang. Une guitare. Du poisson frit.

— Hmm.

— La fille, tu veux savoir qui c'est ?

— Dis-moi qui c'est, How.

— OK. Son nom est Susan Magruder. Mais elle est surtout connue pour être la nana d'un petit dur de la campagne du nom de Jewel Cobb. (Blanchette ricana.) Bon, avec un nom pareil tu pourrais t'imaginer une superbe afro sur sa tête, mais t'aurais tort. En fait, il a à peu près vingt ans et – ça va sûrement t'intéresser – il n'a aucun moyen de subsistance et une boule de cheveux blonds qu'il entasse comme s'il était le fantôme d'Elvis.

Ce n'était pas vraiment une surprise.

— J'avais comme une idée qu'il s'agirait d'un mec de ce genre.

— Deux ou trois truands noirs débarquent ici, dit Blanchette, et notre blondinet fait un saut périlleux par la fenêtre de derrière. Il laisse Miss Nibards aux Négros et elle se planque dans les chiottes. Un seul truand s'en rend compte, tu vois, et il lui envoie quelques messages de sympathie à travers la porte. La pauvre petite a des échardes dans les épaules et une balle lui a taillé un morceau de cuisse.

Blanchette désigna d'un hochement de tête une femme aux cheveux bleus assise dans la voiture de ronde.

— Elle a vu le Blanc jaillir de la fenêtre de derrière et un des truands lui tirer dessus. Elle est assez scandalisée. Une vieille dame du quartier depuis toujours, vois-tu, trouve que c'est pas bien que des Noirs descendent jusqu'ici pour tuer un petit Blanc, même si c'est un inconnu.

Bien que la nuit fût à présent quasiment tombée, la chaleur du jour s'attardait encore, les mèches collaient aux tempes, les tempéraments frôlaient l'ébullition, et le soulagement menait une dure négociation.

Shade passa plusieurs minutes à parler à Mme Prouxl, la dame aux cheveux bleus. Elle lui dit qu'elle venait tout juste de sortir du salon de coiffure où, non pas Connie, mais Hank, son assistant, lui avait fait une nouvelle teinture, laquelle avait pour but de mettre en valeur ses yeux, qui étaient ce qu'elle avait de mieux, ou du moins c'est ce qu'on lui avait toujours dit, quand ce type blond, un tout jeune homme en fait, avait volé comme une brique de la fenêtre du premier et que, un battement de cils plus tard, un de nos égaux devant la loi avait collé sa tête crépue à la même fenêtre et essayé de le tuer sans la moindre raison valable. Comment peut-on justifier ça ? Le jeune homme blanc avait l'air de saigner, mais elle ne savait pas si c'était à cause d'une balle ou autre chose, et toute cette histoire affreuse, eh bien, ça faisait qu'elle était bien contente de ne plus avoir pour longtemps à vivre, parce qu'à son époque, une chose pareille ne se serait jamais produite, et que si c'était ça la vie moderne, elle préférait changer de chaîne, et de manière drastique.

Shade l'en remercia avec de telles effusions qu'il en eut presque honte. À la suite de quoi il alla retrouver Blanchette.

— Pour l'instant, le sens de tout ça m'échappe, avoua Shade. Mais ça commence à prendre forme.

— Hmm-hmm, fit Blanchette en suçotant pensivement sa lèvre. Crane et ce petit Cobb, les wagons sont faciles à raccrocher. Maintenant, est-ce qu'il y a aussi un lien avec Alvin ?

— Qu'est-ce que t'en penses ?

— Je crois que oui.

— Moi aussi.

Shade regarda Mme Prouxl s'éloigner, pourchassée par une paire de curieux du trottoir d'en face. Elle serrait son sac contre son nombril et ne daigna même pas tourner la tête vers ceux qui la harcelaient de questions.

— Grand-mère m'a donné une ou deux idées. Je vais jeter un œil dans la ruelle.

— On l'a déjà fait.

— J'y retourne quand même. Pour être bien sûr.

— Si ça te fait plaisir. Je t'attends ?

— Non.

La ruelle était un nid-de-poule avec quelques pelletées de gravier çà et là, et comme elle était située, à l'arrière de la piteuse Voltaire Street, elle offrait une incroyable vue sur rien d'incroyable. Les poubelles entassées derrière le salon de coiffure dégageaient un parfum de produits pour permanentes et d'eau de truc ou de machin.

La fenêtre fracassée par laquelle Jewel s'était faufilé était éclairée de l'intérieur par une ampoule nue. D'où il était, Shade distinguait les éclats de verre en dents de scie qui tenaient encore à son encadrement et sur lesquels Cobb s'était très certainement lacéré la peau. La chute n'était pas mortelle, mais le gamin avait très bien pu se blesser en tombant.

Shade suivit la ruelle jusqu'à sa sortie sud, puis il prit sur la gauche, se baissa sous la vitrine bien éclairée d'un marchand de beignets et se mit à examiner le trottoir. Toujours accroupi dans l'air saturé d'effluves pâtissières, il avança en se dandinant, arrachant aux passants quelques regards curieux. Puis il aperçut enfin ce qu'il cherchait. Il trempa un doigt dans l'indice humide et le leva à la lumière. Du sang.

Bien que discrète et discontinue, la piste lie-de-vin n'autorisait que de rares hésitations. Shade la remonta le long des rues, obliquant selon des angles hasardeux, jusqu'à, récompense ultime, une cabine téléphonique marquée de sang à hauteur de poitrine. À l'intérieur, il ne trouva qu'un annuaire fermé et d'autres taches de sang. Il savait que si l'écoulement ne cessait pas bientôt, Cobb allait s'affaiblir. Bien sûr, le gosse pouvait trouver un taxi, ou un ami et disparaître, songea-t-il, mais pour le moment, cette piste était tout ce qu'il avait.

Un pâté de maisons plus bas, sa chance le quitta et la piste disparut. C'était au coin de Rousseau et de Clay, mais Lafitte et une ruelle débouchaient presque en face. De là, le gamin pouvait avoir emprunté une bonne douzaine d'itinéraires différents et sans éclaboussures complices, rien ne permettait plus de le pister.

Adossé à un lampadaire, Shade inhala ce qu'il avait escompté être une salutaire bouffée d'air nocturne, mais se révéla n'être qu'une puissante goulée de puanteur. Le temps forçait le fleuve à se condenser sur lui-même, à fermenter dans son propre bouillon de culture. Shade grimaça, puis renifla sa chemise, pour grimacer de plus belle.

Le Catfish Bar n'était qu'à un pâté de maisons, sur Lafitte Street, aussi Shade décida-t-il que deux bières fraîches ne pourraient que renforcer son flair, et il se dit que le gamin pouvait avoir pris cette direction rafraîchissante aussi bien qu'une autre.

Il passa devant la salle de billard de sa mère et son propre appartement. Il s'arrêta pour regarder par la fenêtre et constata que les tables de billard étaient dûment mises à profit et que sa mère trônait sur son tabouret, tirant sur une longue cigarette noire. Cette salle était son foyer dans la plupart de ses souvenirs, mais pas tous. Les Shade avaient habité dans une maison située deux rues plus haut, avec une grande cour intérieure et un sous-sol en ciment, jusqu'au matin où Papa John X. avait livré à Maman la conclusion d'une quête menée au tréfonds de son âme qui révélait que son moi profond, son *véritable* for intérieur, était en fait celui d'un homme porté à vagabonder le long du fleuve, à fréquenter plus d'une nana – et d'ailleurs même plusieurs nanas ne suffisaient pas si on ne parvenait pas à conserver un peu de piquant. Et que, donc, il se tirait, non pas à cause d'une autre femme, mais à cause *des* femmes, qui sont une question animale ; donc pas question de penser du mal de lui après ça, parce qu'honnêtement il avait là un sérieux problème sur les bras, qu'il allait devoir régler tout seul, vous comprenez. Mais, *naturellement*, il *enverrait* de l'argent, et ça dès que cette saleté de boule 9 au sourire jaune se laisserait blouser quand il casserait le losange. Ça s'était passé vingt ans plus tôt et, selon toute évidence, les boules 9 modernes étaient restées collées au velours.

Shade regarda par la fenêtre encore un petit moment, puis il poursuivit son chemin.

En entrant au Catfish, il songea que son frère allait peut-être lui faire passer un sale quart d'heure. Il se prépara à la tension. Il s'assit sur un tabouret, jusqu'à ce que Tip remarque sa présence. Il y eut une seconde d'hésitation impassible, puis Tip sourit.

— Salut, René. Comment ça va ?

— Chaudement, fit Shade.

Il examina le visage large et dur de son frère et y lut de l'amitié. Étrange. Même quand Tip était fou de joie, il avait tendance à se renfrogner, et voilà qu'il lui faisait une parodie de Mona Lisa au visage grêlé et au cou épais.

— Cette ville a perdu les pédales.

— Ouais, acquiesça Tip. J'en ai entendu parler. (Il haussa les épaules.) C'est la période, faut croire. Il faut bien que de temps en temps les choses dégénèrent pour qu'un type sorte des rangs pour remettre de l'ordre.

— Le monde selon le barman, fit Shade. Sers-moi une pression.

Tandis que Tip allait tirer sa bière, Shade se retourna face à la salle. Les blonds brillaient par leur absence, sans parler des blonds imitateurs d'Elvis. Dans un coin, une tablée de locaux habituellement amateurs de bières accompagnées de shots de whiskey, coiffés façon présentateur-de-journal-télévisé et vêtus de costards déjà prétentieusement dépassés par la mode, parlaient haut et fort de s'installer avec quelqu'un et de trouver un *vrai* emploi, tout en commandant des martinis pour s'entraîner. Ils riaient de si bon cœur qu'il était évident que les *vrais* emplois en question ne menaçaient pas de leur tomber dessus de sitôt.

*Bonne chance** dans vos carrières de cadres, pensa Shade. Mais n'oubliez surtout pas d'entretenir vos pelles, les gars, et ne perdez pas vos solides gants en cuir.

Tip posa la bière devant Shade. Celui-ci se retourna et l'avala de bonne grâce. Il ne pouvait pas se permettre de perdre trop de temps, mais la bière le remontait et il n'y avait pas de quoi se prendre la tête pour une ou deux bières.

— T'as faim, frérot ?

— Pas vraiment, dit Shade. Peut-être pour un sandwich.

— Aucun problème.

Shade observa Tip passer dans la cuisine par une porte battante. Décidément, l'attitude contrite du grand Tip le laissait perplexe.

Quand Tip ressortit de la cuisine, il se tourna et regarda la porte se refermer avant d'apporter son sandwich à Shade.

— J'ai mis plein de raifort dedans, fit-il. (Une sorte de crispation indécise tendait son visage.) Comme tu aimes.

— *Merci**.

Tip jeta un coup d'œil vers la porte de la cuisine. Shade surprit le regard sans y prêter attention, mais quand le même manège se répéta tout de suite après, un frisson lui parcourut l'échine et ses épaules s'alourdirent.

— T'attends quelqu'un ? demanda-t-il.

— Hein ? Oh, sûrement pas. J'étais en train de me dire que je pourrais peut-être percer un trou dans le mur, là, pour qu'on puisse voir la cuisine.

— Bien sûr.

Mike Rondeau, un homme qui tenait du *long drink* tassé dans un verre à shot, avec une ceinture qui aurait pu faire office de lasso et un nombre considérable d'ambitieux mensonges qu'il appelait sa vie, apparut dans l'encadrement de la porte et éclata de rire.

— Les frères Shade, dit-il. J'avais bien le sentiment que j'allais vous tomber dessus.

— Je travaille ici, dit Tip. Ça fait de toi un prophète de m'avoir trouvé là ?

— Oh, oh, fit Rondeau. Pour ce qui est de la mauvaise humeur, on peut toujours compter sur *lui.*

— Souvent, rétorqua Shade avant de penser : oui, souvent.

— Qu'est-ce que tu prends, Slim ? demanda Tip.

— Un jus de carottes, t'aurais ? demanda un Rondeau solennel.

— Ouais, mais pas frais. Congelé, seulement.

— Ah, dit Rondeau. Alors, dans ce cas, sers-moi un double rye avec une bière.

Il se tourna vers Shade, lui fit un clin d'œil, puis passa sa main dans la maigre touffe blanche de ses cheveux.

— Faut bien soigner son vieux cœur.

— Ouais, dit Shade. Paraît que t'as fait une crise cardiaque.

— Oh, juste quatre petits rounds de rien du tout dans l'arrière-boutique. J'ai gagné aux points.

Sachant que Rondeau travaillait à son compte comme plombier, joueur et ami des veuves, Shade fit remarquer :

— Ça doit pas te faciliter le travail.

— Je marche moins vite qu'avant, c'est tout. Mais quand on gagne, on se balade, et quand on perd… on se presse plus !

Tip posa les verres et ramassa la monnaie.

Shade le surprit une nouvelle fois à lorgner la cuisine.

Ayant ingurgité une gorgée de rye et une de bière dans la foulée, Rondeau poursuivit :

— J'ai entraperçu vot' papa au Caire y a pas une semaine, les gars. J'étais descendu là-bas pour une partie de stud poker avec un généreux philanthrope du nom de Baroja, qui s'est jamais montré. Ça s'est terminé dans une salle de billard de six tables, près du fleuve, à regarder les petits Égyptiens* jouer des misères au nine-ball, quand le vieux John X. en personne est entré. L'homme de mon

* On appelle Little Egypt le sud de l'Illinois, où se trouve la ville du Caire, probablement à cause d'une série de sécheresses dans les années 1830, qui a poussé ses habitants à se déplacer pour trouver des céréales, comme dans la Genèse. Ou peut-être à cause de la ressemblance de certaines montagnes avec des pyramides.

cœur. Il portait une veste verte, qui luisait comme s'il venait de la harponner dans la vase du fleuve et de lui couper les branchies pour y passer les bras. Clinquante, vous voyez, mais clinquante selon les goûts d'un Irlandais de merde.

Tip et Shade se jetèrent un regard, puis se détournèrent. Tous deux avaient le sentiment de s'être fait larguer par leur père et, en dépit de toutes ces années sans lui, aucun n'arrivait à l'admettre.

— J'vais en reprendre une, fit Rondeau en tapotant le comptoir de son verre vide. Il m'a payé le voyage de retour, avec même un peu de fric pour faire la fête. Il s'est embarqué dans une partie de nine-ball avec un type du nom de Dickie Venice, qui vient de New York et qui n'a pas de paupières. Il a les yeux constamment ouverts et tu te demandes comment ça se fait qu'ils sèchent pas et qu'ils se fendent pas, mais… non, ça arrive jamais. Il ressemblait à un poisson rouge qui joue au billard, ce Venice, mais avec un jeu doux, tu vois. Vraiment fluide. Je me suis mis en retrait et j'ai lâché John X. tant qu'ils jouaient au nine-ball, et j'ai parié au maximum sur lui quand ils se sont mis au one-pocket. Faut être fou pour pas parier sur lui au one-pocket.

Tip lui glissa les boissons fraîches.

— Il a parlé de passer nous voir ?

Ils étaient tous les deux un peu faibles dès qu'il s'agissait de John X., ce qu'ils regrettaient, parce que sinon ils auraient été capables de tourner définitivement le dos au vieux, mais c'était un homme qui ne vous laissait pas faire ça facilement.

— Il a parlé de nous ?

— Que je réfléchisse, fit Rondeau.

Il leva son verre et y trempa le bec.

— Non, pas vraiment non, poursuivit-il d'une voix douce. Il était accompagné, vous voyez. (Il regarda les deux frères, qui regardèrent tous deux ailleurs.) Ça lui a pas semblé être le moment pour une discussion familiale. Avec deux épouses en fuite aux bras, il voulait probablement pas parler anniversaires et remises de diplômes.

— Des épouses en fuite, dit Shade. Il est doué pour fuir la sienne.

— Il est toujours marié avec notre mère, dit Tip. L'ordure. Il pourrait au moins demander de ses nouvelles, non ? Entre deux parties, quand ils tapent les boules, il pourrait au moins demander : “Comment va Monique, ces temps-ci ?” Un truc de ce genre, quoi.

— Ce serait mignon, admit Rondeau. Mais c'est beaucoup lui demander, vu les circonstances.

Il y eut un moment de silence, puis la porte de la cuisine s'ouvrit brusquement sur un homme à la chevelure brune striée de mèches grises. Il fonça droit sur une table où une bière avait été laissée.

Shade connaissait l'homme, mais le nom ne lui revenait pas.

Tip lui tapota le bras.

— Et si je t'en remettais une ?

— Il se pourrait que j'en reprenne, oui.

C'est Ledoux, se dit Shade. Il regarda l'homme boire sa bière. Ouais, Ledoux, Pat ou Paul, ou Pete. Un personnage, lui aussi, avec un casier chargé.

La table des costumes croisés sans emploi qui buvaient des martinis pour s'acclimater à des boissons plus élégantes, mais qui n'avaient rien perdu de cette fierté viscérale qui a peur de se vendre, gagnait maintenant la porte en un troupeau bêlant en harmonies dissonantes.

L'œil de Tip tressauta, Shade le vit, et il semblait avoir le plus grand mal à interdire à sa tête de se tourner vers Ledoux.

Alors qu'il saisissait son verre de bière, Shade sentit Ledoux passer dans son dos. Il observa Tip. Les yeux de ce dernier se levèrent le temps d'un clin d'œil, puis retombèrent, comme un acquiescement fantôme. Shade se tourna pour voir Ledoux sortir par la porte.

De nouveau, un frisson lui parcourut l'échine, accompagné du poids sur ses épaules et de suspicions coup-de-poker. Après avoir méditativement siroté une autre gorgée de bière, il sauta de son tabouret et se dirigea vers la cuisine.

— Hein ? réagit Tip. Hé, mec !

Shade poussa la porte. Le gril était éteint et une marmite de ragoût fumait sur le fourneau. Le sol était encore humide d'avoir été très récemment passé à la serpillière, et la porte de derrière était ouverte sur l'écran antimoustique. Russ Poncelet, l'air institutionnel dans son ensemble blanc, passait un torchon sur les flancs du réfrigérateur en inox.

Shade entra dans la pièce, cherchant du regard une preuve matérielle pour confirmer ses soupçons.

Tip s'encadra dans la porte.

— Qu'est-ce que tu fais ?

— Je regarde, c'est tout.

Rien d'anormal ne lui sauta aux yeux.

— Vous pouvez pas nous prendre en défaut sur la propreté, dit Poncelet. J'viens de tout nettoyer. Vous pourriez manger par terre, et ça serait plus propre qu'avec vos doigts. Javellisé.

Shade se sentait ridicule mais pas honteux, et il tourna les talons. Il bouscula Tip.

— T'es un emmerdeur, fit-il tandis que Shade se dirigeait vers la sortie. Des fois on dirait vraiment que t'as pris trop de coups dans la tête, putain ! T'aurais peut-être dû en esquiver de temps en temps.

De retour à la puanteur de la nuit, Shade fonça vers le parking, au coin de la rue. La poussière blanche du sol brillait au clair de lune, et d'infimes particules tourbillonnaient, comme suspendues en l'air.

Il est parti, se dit Shade. Peut-être que c'était pour le mieux, qu'avait-il prévu de faire sinon ? Dire : “Eh mec, tu me donnes des frissons dans le dos, pourquoi ?” Ça aurait pu être ridicule.

Mais il ne le pensait pas vraiment.

16

L'HÔPITAL Saint-Joseph traitait les mutilés et les estropiés des bas quartiers de la ville. Le Pan Fry, Frogtown et le quartier sud justifiaient l'existence du service des urgences et en faisaient un lieu de rencontre très fréquenté.

La salle elle-même ressemblait à un club de bowling qui aurait négligé de régler les traites de ses pistes. Beaucoup de chaises délavées en plastique de couleurs pâles, des murs à la peinture verte écaillée et une seule lumière vive juste au-dessus du bureau de l'infirmière.

Lorsque Shade entra, un jeune homme tatoué, la peau tendue comme du papier de riz, coiffé d'une brosse parfaite et armé d'une patience exemplaire, se tenait devant le bureau en brandissant un sac de courses.

— C'est mon pouce, madame. Il a volé par-dessus la boîte à outils, mais j'ai réussi à le retrouver. Je sais pas combien de temps il va se conserver.

Shade s'aperçut que l'une de ses mains était nouée dans une serviette bleu ciel, récemment devenue bicolore.

— Ça fait un mal de chien, madame.

— Vous n'allez pas en mourir, dit l'infirmière. Ce qui veut dire que vous devez patienter.

— Madame, si mon pouce se met à température ambiante, je suis foutu. Bon sang, ça fait mal !

Shade poursuivit sa route, coupant à travers le bâtiment en direction de l'accueil principal, situé dans l'aile opposée. Là, il obtint le numéro de la chambre et prit l'ascenseur. Il sortit au quatrième étage. C'était bientôt la fin du service, et les blouses des infirmières avaient perdu beaucoup de leur éclat. Les parquets étaient cirés jusqu'à reluire, et l'air climatisé était glacé.

Un policier en uniforme se tenait devant la chambre 446. Shade lui présenta sa plaque et fut autorisé à entrer.

Suze était réveillée et assise dans son lit. Ses épaules, son cou et sa cuisse étaient bandés. Sa peau était aussi pâle que la vapeur, et ses cheveux étaient emmêlés en touffe hirsute.

— Je suis l'inspecteur Shade, mademoiselle Magruder. Il faut que nous parlions.

— Eh bien, fit-elle, la voix adoucie par les analgésiques. J'ai déjà parlé au gros type.

— C'est différent.

Suze jaugea Shade du regard, puis se redressa dans son lit.

— OK ! OK ! Mais tenez le gros à l'écart, d'accord ?

— J'essayerai. Pourquoi tout ça est-il arrivé, à votre avis ?

— Jewel va bien ? Vous l'avez retrouvé ?

— Non.

— Il est mort, n'est-ce pas ?

— On n'en sait rien. Je ne pense pas qu'il le soit.

— Il va mourir.

— Vous êtes sûre qu'ils voulaient le tuer ? Pas seulement lui faire peur ?

Les yeux de Suze s'agrandirent.

— Oh non, fit-elle en secouant la tête. Ces gens-là étaient *vraiment* sincères. Ils vont le tuer.

— Qu'est-ce qu'il est venu faire ici, Jewel ? Vous n'êtes pas d'ici tous les deux.

— Non. On vient de nulle part proche d'ici. (Elle parlait d'une voix résignée.) On est montés ici pour tenter notre chance. Jewel a un cousin qui vit dans un des immeubles du coin.

— Vous m'en direz tant. Comment s'appelle son cousin ?

— Duncan.

— Duncan Cobb ?

— Ouais. Ailleurs, on dit que cette famille c'est des ordures, juste parce qu'ils sont bagarreurs.

Shade s'assit au pied du lit en souriant.

— On les accuse de beaucoup de chose ?

— À peu près tout sauf le mauvais temps. Et c'est souvent eux qui l'ont fait, en plus, mais suffit pas de *savoir* que c'est eux, faut encore pouvoir le *prouver*. Alors ils arrêtent pas. De vrais bagarreurs.

— Écoutez, j'ai plus de chance de pouvoir aider Jewel si je sais dans quoi il est impliqué. Qu'est-ce qu'il a fait ?

— Écoutez, monsieur, je peux pas vous dire. Jewel a jamais répondu à aucune de mes questions. (Elle commençait à chevroter mais parvenait encore à se maîtriser.) C'est pas le mec le plus doux du monde, mais j'aime bien son côté bouledogue, vous voyez. Un chiot vous mordille, vous continuez à le nourrir. On s'amusait bien, lui et moi. On se fumait un joint en buvant des bières – on batifolait dans les bois, et tout. À se mettre nu dans un étang quand les jours s'y prêtent. On pouvait tomber sur un porcelet perdu de temps en temps, et l'embrocher au-dessus de notre feu de camp, mais, mince… C'est vivre. Sauf que Jewel il disait que des fois faut passer aux choses sérieuses. Je crois qu'il l'a fait.

— On dirait bien, dit Shade. Vous pourriez reconnaître ceux qui vous ont tiré dessus ?

— J'ai déjà dit au gros type que je pourrais pas. Je les ai à peine vus. Tout ce que j'sais, c'est qu'ils sont venus et qu'ils faisaient pas semblant, monsieur. C'était pas comme à la télé.

Après avoir remercié Suze et lui avoir souhaité un prompt rétablissement, Shade quitta l'hôpital avec l'intention de se renseigner sur ce cousin bagarreur, Duncan Cobb.

Il parcourut les quatre pâtés de maisons qui le séparaient de chez lui sous la chaleur. La lumière était encore allumée au sous-sol et il put constater qu'une correction au billard était en cours. Il grimpa l'escalier de derrière jusqu'à chez lui.

Il ouvrit son frigo et repéra une bière glacée derrière le bocal de blé germé. Il s'affala sur le divan et ouvrit la canette, puis décrocha le téléphone pour appeler Blanchette, au commissariat.

— Blanchette.

— Shade à l'appareil. J'ai suivi le petit Cobb, mais impossible de le retrouver. En revanche, il a un cousin, et on ferait bien de lui rendre une petite visite.

— Je sais, fit Blanchette. Duncan Cobb, vingt-neuf ans, un mètre soixante-quinze, quatre-vingts kilos. Deux condamnations pour des délits mineurs. Arrêté pour voies de fait il y a sept ans, et il s'est fait serrer avec des d'ergots métalliques pendant une descente sur un combat de coqs, il y a de ça trois mois. Il a payé une amende.

— Pas vraiment un desperado, on dirait ?

— Non, mais il bosse pour Micheaux Construction, ça t'intéresse ?

— Steve Roque.

— Oui. Et Pete Ledoux.

— Pete Ledoux, dit Shade, à deux doigts d'être secoué par une révélation. Figure-toi que je viens de voir Ledoux. J'ai perdu la trace du gosse, mais je suis tombé sur Ledoux au Catfish.

— C'est un Froggy des marais, Ledoux. Il vit sur Tecumseh Road, par là-bas, juste avant qu'on s'embourbe dans le marais du Croche. J'me dis qu'il mériterait une petite visite, lui aussi.

— J'y vais.

— Mais méfie-toi. S'il voit un camion lui foncer dessus, Pete Ledoux est le genre de mec à rentrer le menton et à se ramasser sur lui-même. Pas la couille molle de base, si tu vois ce que je veux dire.

— Je saurai à quoi m'en tenir.

— Ah oui, fit Blanchette un ton plus bas, dans un chuchotement de conspirateur. Y a une mademoiselle Webb qui a appelé pour toi. Elle a pas laissé de message et je suis pas psychiatre, mais je crois me *douter* de ce qu'elle te voulait.

— Ouais, eh bien, garde tes idées pour quand t'es tout seul.

— J'essayais juste de filer un coup de main à un pote, mon pote.

— Donne-moi plutôt l'adresse de Duncan Cobb, fit Shade. Je crois que je vais faire rugir ma Nova et lui payer une visite à lui aussi.

— Te gêne pas : 1205, 12e Rue, dit Blanchette. Je dois aller chez le maire et expliquer pourquoi cette ville est en train d'exploser. J'vais accuser la météo, je crois bien.

17

L'OBSCURITÉ des rues, la nuit, était sculptée par toutes sortes de lumières, une riche palette de teintes et de densités variées ; le rouge du Boy O Boy Chicken Shack était un bref frétillement du poignet, et le vert du Johnny's Shamrock un coup de poignard placide, tandis que l'arc-en-ciel de Irving's Cleaners ressemblait à une éraflure superficielle mais permanente. L'éclairage urbain et les lumières des perrons s'efforçaient de leur mieux, eux aussi, de trancher dans l'obscurité, mais la nuit avait du cœur et tenait ses positions.

Powers Jones était assis sur le siège arrière de sa Thunderbird rouge personnelle, le break Ford ayant été abandonné. Benny, son chauffeur plus-détendu-que-lui-tu-meurs, était assis à l'avant avec Lewis Brown. Lewis remplaçait le jeune Thomas qui, terré dans une chambre fermée à double tour, essayait de se persuader que l'atroce tremblement qui lui secouait tout le corps était dû au repas du soir qu'il avait manqué.

— Ce mec, là, le cousin, disait Powers pendant qu'ils faisaient le tour du pâté de maisons. Notre source chez les flics raconte qu'il bosse aussi pour Ledoux le Froghead. C'est lui qui est à l'origine de tout.

— T'as pas besoin de me raconter tout ça, dit Lewis, le menton projeté en avant. J'oublie tout ce que j'entends, tu vois.

Lewis était un type d'une trentaine d'années coiffé de dreadlocks, enrobé d'une bonne couche de graisse et dont la ganja voilait le regard. En dépit de sa bedaine et de sa courte taille, il ne renvoyait pas une impression de douceur.

— Cool, dit Powers, t'es un diamant brut.

Au tour suivant, Benny se gara près du Johnny's Shamrock.

Derrière la vitrine du bar, les buveurs invétérés gesticulaient joyeusement. Des chopes de Guinness, des chapeaux irlandais et des cigares dansaient dans un brouillard de fumée bleue et dans un brouhaha assourdissant de vociférations sans queue ni tête.

— Il doit être là, assura Powers. En train de se prendre une cuite comme ils font tous. Ils ont besoin d'être bourrés pour aller bosser. Moi, c'est après que je m'éclate la tête.

— Mmm-hmm, convint Lewis. Ils sont plus éduqués assez durement pour affronter la vie, maintenant.

— C'est bien vrai. Sauf pour les Froggies.

— T'as raison. T'as raison là-dessus. Et pourquoi ça ?

Powers se caressa pensivement la barbe.

— Sont trop courts sur pattes pour le sport et trop fainéants pour bosser, déclara-t-il, avec un brin d'esprit. Mais ils ont besoin d'un certain prestige, alors ils compensent par la méchanceté.

— Tout le monde a besoin de ça, dit Benny, qui l'ouvrait pour la première fois depuis des heures.

Il avait été aide-bibliothécaire à la maison de correction de Boonville et en avait rapporté une certaine largeur de vue sur la façon dont le monde tourne.

— Les Chinois, les Arabes, les Texans… quand tu vas au fond des choses, rapport au prestige, c'est tous les mêmes.

— Ah ouais ? rétorqua Powers. Tu sais quoi, Benny ? Tu parles trop. Avale-toi plutôt un autre de tes calmants d'accord ?

— Des calmants ? fit Lewis. Le môme est sous calmants ?

— Ça m'empêche pas de conduire, dit Benny. J'ai peur de rien.

— Sur la route ? Tu peux conduire sur la route, peut-être ? demanda Lewis. C'est d'la foutaise, ces calmants. La came, c'est fait pour planer, pas descendre aussi bas que toi, petit merdeux.

Powers cogna du poing contre le dos du siège, réorientant de force la conversation.

— Hé, c'est lui. Je l'ai déjà aperçu en ville. C'est bien lui, pas de doute.

Duncan Cobb se tenait sur le trottoir devant le Shamrock et adressait des gestes grossiers à la vitre de l'établissement, accompagnés de rires gaéliques. Plusieurs doigts tapèrent la vitre pour lui souhaiter bon vent avec un doigt. Il rit encore une fois, puis prit le chemin du retour vers son domicile, avec dans la démarche une cadence qui sentait la Guinness.

— Tu te charges de lui, fit Powers à Lewis. On peut pas aussi foirer ce coup-ci.

Avec sa chemise jaune, son pantalon blanc et son pas chancelant qui attirait l'attention, Duncan était d'une luminescence suicidaire. Il s'arrêta pour allumer une cigarette mais comme il ne fumait que lorsqu'il était soûl, il trouva que l'opération mettait sa coordination à l'épreuve. En craquant son allumette, il entendit des bruits de pas, et il releva la tête pour s'apercevoir qu'une de ses bêtes noires lui bloquait le passage.

— T'as pas vu ma mama ? lui demanda Lewis d'un ton brusque.

— C'est la 12e Rue, ici, mec, dit Duncan. (Il laissa tomber cigarette et allumettes et adopta peu ou prou une position de combat.) Et même sur la 12e, je suis pas poli.

Lewis recula d'un demi-pas et essaya de son mieux de prendre l'air étonné.

— Je cherche ma mama, parce que j'ai le blues, fit-il en agitant tristement ses dreadlocks. Et quand je suis dans cette humeur-là, ma mama elle me laisse la cogner jusqu'à ce que j'me sente de nouveau heureux.

— J'suis pas ta mama du Congo, mec !

Avec la vélocité d'un moucheron qui vient s'écraser dans le blanc de votre œil, un pistolet apparut soudain à côté de Duncan, armant le bras de Powers Jones. Duncan se retourna et se trouva face au canon.

— Mais tu feras l'affaire, putain d'enfoiré, dit Lewis en lui en donnant un coup très professionnel dans les couilles.

À force de racler le tapis de sol, le visage de Duncan était à vif. Il y avait une botte sur sa tête, et la nausée dans ses tripes. Il était perplexe et meurtri et la tête pleine d'interrogations.

— Ça n'a aucun sens, dit-il.

Le beuglement de l'autoradio noyait ses paroles. Quelqu'un monta le volume et un vieux tube des Jackson Five, qui parlait d'amours de jeunesse, emplit l'habitacle.

La voiture fonça à travers un dédale de rues mystérieuses, puis finit par s'arrêter. Duncan n'avait pas la moindre idée de l'endroit où il se trouvait. On le saisit par les bras et on l'extirpa de la voiture avec brutalité. Une fois à l'extérieur, il constata qu'ils étaient dans Frechette Park et qu'ils remontaient le chemin qui menait au Boys Club. Ils entrèrent par la porte de derrière, non éclairée.

— Je sais pas ce que tout ça signifie, dit Duncan. J'en sais vraiment rien. J'vois pas du tout de quoi il retourne. Ça n'a aucun sens. Vous avez le mauvais homme.

— T'es pas un homme. T'es un tas de merde ambulant.

Une silhouette indistincte, tapie dans l'ombre, leur tenait la lourde porte métallique. On poussa Duncan à l'intérieur. La silhouette floue tendit un trousseau de clefs à Powers en lui disant de les lui rapporter plus tard.

Le couloir était obscur, mais Duncan fut contraint de le traverser à une allure peu clémente. Son corps se mouvait avec incertitude dans le noir, craignant une collision à chaque instant. S'il avait pu s'orienter, il serait peut-être parti en courant, mais il ne pouvait pas et le savait, alors qu'eux pouvaient. Ça aussi, il le savait.

Très vite, ils se retrouvèrent devant une porte au bas de laquelle filtrait un rai de lumière.

— Ouvre, dit Lewis.

Duncan réagit à la voix. Ils étaient trois, semblait-il : le branché avec ses guirlandes sur la tête et sa mama compréhensive, le barbu au pistolet, et un autre qui respirait très bruyamment.

Il hésita devant la porte et reçut une violente bourrade au creux des reins.

— Tout de suite, fils de pute!

Il ouvrit la porte et pénétra dans la pièce lumineuse. Il y avait au sol d'épais tapis façon quilt. Un cheval d'arçons et des barres parallèles occupaient le centre de la pièce.

Assis sur le cheval, un homme incarnant toutes les formes possibles d'un futur de mauvais augure le lorgnait méchamment.

L'inquiétante menace se leva et vint poliment lui prendre les mains.

— Je m'appelle Sundown Phillips, vous avez entendu parler de moi?

— Euh, fit Duncan, je crois bien que oui. Tout ça, tout ça n'a vraiment aucun sens, mec.

— Nous verrons.

Sundown désigna une chaise, près du cheval:

— Je vous en prie. Installez-vous.

Duncan prit place et leva les yeux vers son hôte, qui le surplombait comme un ciel d'orage.

— J'ai longtemps battu le pavé, monsieur Cobb, et j'y ai gagné un certain *respect* de la part des gens.

— Je l'ai entendu dire, dit Duncan. J'ai entendu des gens, plein de monde, parler de vous avec beaucoup de respect. Vraiment beaucoup de respect.

Les narines de Sundown palpitèrent et il eut un sourire tout en dents.

— Ça me fait plaisir. J'aime bien entendre ça. Je sais bien qu'un tas de gens me trouvent plutôt sinistre, mais je considère pour ma part que j'ai simplement eu de la chance.

Duncan en convint.

— J'ai jamais pensé le moindre mal de vous, mec.

Après une nouvelle pause souriante, Sundown s'accroupit à la hauteur de Duncan. Il hocha la tête et posa sur le genou de ce dernier une main crevassée. À la suite de quoi, il agita l'index sous son nez.

— Il se passe un tas de choses par ici, dit-il d'une voix qui avait perdu sa douceur mielleuse pour être remplacée par un ton qui faisait penser aux bagarres au rasoir et à la joie qu'elles évoquent. Et je crois que tu peux me renseigner.

— Quoi ? De quoi vous voulez parler ?

— Du cousin Jewel qui se balade en ville et descend nos frères.

— Oh.

Benny, qui s'était livré jusque-là à une tournée d'inspection appréciative de chaque objet, se mit soudain à coller de grands coups de pied dans une porte fermée à clef. Ses chaussures rouges compensées glissèrent sur le parquet ciré, mais il n'en poursuivit pas moins son assaut avec un talon dénudé. Les *boum* retentissaient à travers toute la pièce, mais la porte tenait bon.

Powers se tourna vers lui :

— Qu'est-ce que tu fous, Benny, putain ?

Benny se tourna, une expression de persévérance têtue sur le visage. Il parlait avec lenteur.

— C'est là qu'ils gardent les balles de ping-pong, dit-il. Quand t'en veux une, faut que t'alignes un *quarter*. À chaque fois. J'ai toujours eu envie de défoncer cette porte. C'est l'occasion ou jamais.

Le visage crispé de consternation, Lewis dit :

— Plus jamais je travaille avec ce gamin. Arrangez-vous pour qu'il m'oublie totalement, vu ?

— Benny, va dehors, dit posément Sundown.

Il regarda Benny sortir, puis tapota le genou de Duncan en agitant de nouveau l'index :

— Je pense que tu peux me dire tout ce que je veux savoir, Cobb. Et, juste pour rigoler, ajouta-t-il avec un large sourire, on va faire semblant que ta vie en dépend.

Une timide lueur rusée brilla dans l'œil de Duncan, comme s'il savait à l'avance que ses mensonges ne serviraient à rien mais qu'il lui fallait quand même prendre le risque de les balancer. Il examina chaque visage qui l'entourait et ne trouva que peu de réconfort dans leurs expressions variées.

— Je sais pas de quoi vous parlez, mec. Vraiment pas.

Sundown retroussa ses lèvres, soupira, puis hocha tristement la tête.

— Lewis, montre-lui de quoi je parle.

Lewis Brown, un homme pour lequel les plaintes d'autrui composaient une douce musique, fit un pas vers Duncan.

— Je veux que tu saches, dit-il d'une voix douce, que j'aime ton attitude. Vraiment. Mais je vais beaucoup m'amuser à t'en faire changer.

Lorsque Duncan revint à lui, il constata qu'il était pendu la tête en bas, poignets et chevilles liés aux barres parallèles. Il sentait ses dents en purée et ses bras retournés à leur racine. Ses yeux fonctionnaient différemment, l'un s'ouvrait et l'autre pas.

Toute sa vie, en cet instant, se résumait à une crampe géante.

— Le revoilà, dit Powers. Son bon œil a bougé.

Sundown se pencha vers l'œil loyal de Duncan. Son visage était sévère et n'exprimait pas le moindre ennui.

— Ça va pas s'arranger, dit-il.

Une douleur sourde, presque étrangère, accaparait les bras de Duncan, et ses épaules se doublaient là où les os avaient été déboîtés. Des ecchymoses bleues et violettes enveloppaient son visage, ne laissant qu'un seul œil nu.

— Ooh, gémit-il. Ooh, Seigneur. C'est pas moi. J'suis pas Jewel. Mec ! Ooh !

Sundown leva une jambe épaisse comme une poutre et logea la pointe de son pied dans le tendre espace qui séparait le bras de l'épaule.

— Mec, je sais que t'es avec lui sur ce coup, fit-il. Et sûrement que Pete Ledoux en est aussi. Et Ledoux est pas le mec à faire quoi que ce soit sans le feu vert de Steve Roque. (Il appuya sa pointe de pied, et le questionné se tortilla de douleur.) Pour eux, t'es juste de la chair à canon, Cobb. Je t'aime bien. Et, pour le moment, je suis le seul à pouvoir t'aider.

— Oooh, je sais juste rien, mec !

Après une minute de réflexion, Sundown pesa de tout son poids sur sa pointe de pied, et il y eut un cri bref et perçant, puis un silence total.

À son second retour au monde, Duncan Cobb, aîné de ses frères, cousin de peu de foi, amant prudent et copain d'assassins, se réveilla inspiré par la lucidité du désespoir et ivre d'une dose létale d'honnêteté.

Il parlait en spasmes, le corps comme tanguant au mouillage, la voix vidée de toute emphase. Tous ses souvenirs se valaient à présent.

— La salle de concert, dit-il. Le nègre qui a été élu, un homme d'affaires. Ooh.

— Alvin Rankin ?

— Lui. Oh oui, lui. Il faisait des affaires. Il ratissait. On a eu le chantier de la salle de concert. Des milliers, peut-être des milliers de dollars dans ce truc.

— Non, dit Sundown. Erreur. La salle de concert, c'est *moi* qui l'ai décrochée.

— Il l'a vendue deux fois. Aah... Mais on faisait affaire avec lui avant vous. Et il nous a virés quand le pognon a commencé à... aah... à rentrer...

— Qui l'a descendu, bordel de merde ?

— Ooh ! (Un gargouillis semblable à un ricanement d'outre-tombe sortit de la gorge de Duncan.) Argh... Crane. Votre gars. Crane.

— Non.

— Aaaaah... Ooh... On le tenait par les couilles. Le pouvoir le bouffait tout cru. On le tenait. Il avait des gosses, aussi. Direct. Direct dans le piège.

— Le meurtre réglait les comptes, c'est ça ?

— Argh...

Sundown s'appuya au cheval d'arçons, sa posture défaite de stupéfaction.

— C'est pour *ça* qu'Alvin est mort ? J'aurais lâché l'affaire, il se serait pas fait descendre pour si peu, putain de merde. Ça valait pas le coup. J'aurais pu arranger les choses plus tard.

— Oh.

— Steve Roque est derrière tout ça.

Sundown se tourna vers Powers et Lewis, qui avaient tiré un banc des gradins et étaient accroupis coudes sur les genoux et menton dans les mains. Ses sourcils se froncèrent en un V sévère et ses poings se serrèrent.

— Il se passe des trucs néfastes, dit-il. (Il vit les traits de ses associés se décomposer.) Ça veut dire sales et merdiques.

— On va leur rendre la pareille, dit Powers Jones en sautant sur ses pieds. C'est eux qu'ont commencé, mais on va leur rendre plus que la pareille.

— Naturellement, laissa sèchement tomber Sundown. T'as fait tes preuves.

Lewis indiqua d'un geste Duncan, qui pendouillait toujours.

— On fait quoi du garçon ?

Très lentement, Sundown tourna les yeux vers son oracle malgré lui. Duncan se tortilla pour mieux voir, de son œil intact à présent grand ouvert, le visage de Sundown.

— Eh ben, on va faire ce qui convient pour ce garçon, dit Sundown. Très exactement ce qui est *juste.*

La nuque de Duncan se détendit et sa tête se balança avec gratitude.

— Oui, oui, fit Lewis. Bien sûr qu'on va faire ce qui est juste.

— Et après, s'interposa Powers, on le balance dans le fleuve ?

Sundown leva les bras et haussa les épaules :

— T'avais une autre idée ? Faut bien que les carpes mangent, elles aussi.

Duncan comprit et se figea, il laissa son œil intact se fermer, choisissant de ne pas voir la partie la plus cinématique, le trait de rasoir final de son existence exubérante déjà tombée dans l'oubli.

18

Le quai était plongé dans l'obscurité et même la haute masse d'arbres alentour occultait jusqu'aux rayons de la pleine lune. Jewel Cobb, sur le dos, les yeux au ciel, écoutait les bruits de la nuit en provenance du fleuve et, au-delà encore, du marais du Croche. Des hiboux hululaient et le fleuve léchait le ponton en petits soupirs humides. Quelque chose cassa une branche sur l'autre rive et le bruit sec du craquement ricocha jusqu'à lui. Il se leva.

Il attendait depuis presque une heure. Se faufiler jusqu'ici depuis la cuisine du Catfish lui avait pris un bon quart d'heure. Ledoux avait examiné les estafilades de ses flancs et avait dit :

— Sales coupures, *mon ami**. Va chez moi et on te soignera ça. Et fais bien gaffe aux Négros.

La seule chose qui lui venait en tête, tandis qu'il remontait le chemin boueux vers l'amont du fleuve, c'était *buenas noches* et *hasta luego*, parce qu'il était persuadé qu'il était bon pour le Mexique. Seulement, il ne parlait pas mex. Mais quand même, il pourrait se faire rafistoler avant de